意林

公元787年，唐封疆大吏马总集诸子精华，编著成《意林》一书6卷，流传至今

意林：始于公元787年，距今1200余年

意林®轻文库

轻小说 青春最美，梦想出发

中国式优质轻小说第一品牌

少年住在云之彼岸

SHAONIAN
ZHUZAI
YUN ZHI BI'AN

陆宝 著
LU BAO
WORKS

吉林摄影出版社
·长春·

意林轻小说 出品
图书在版编目（CIP）数据

少年住在云之彼岸 / 陆宝著. -- 长春：吉林摄影出版社, 2016.1
（意林·轻小说. 恋之水晶系列）
ISBN 978-7-5498-2450-2
Ⅰ. ①少… Ⅱ. ①陆… Ⅲ. ①长篇小说－中国－当代 Ⅳ. ①I247.5
中国版本图书馆CIP数据核字(2015)第289364号

少年住在云之彼岸
Shaonian Zhu Zai Yun zhi Bi'an

著　　者　陆　宝
出 版 人　孙洪军
总 策 划　安　雅　张　星
责任编辑　朱薏楠
图书统筹　安小纪　糯米兔
特约编辑　黄佳佳　宁　阳
绘　　图　Tendy
书籍装帧　胡静梅
美术编辑　王　春
开　　本　700mm×1000mm　1/16
字　　数　210千字
印　　张　13
版　　次　2016年1月第1版
印　　次　2016年1月第1次印刷

出　　版　吉林摄影出版社
发　　行　吉林摄影出版社
地　　址　长春市泰来街1825号
　　　　　邮编：130062
电　　话　总编办：0431-86012616
　　　　　发行科：0431-86012602
网　　址　www.jlsycbs.net
经　　销　全国各地新华书店
印　　刷　北京中科印刷有限公司

书　　号　ISBN 978-7-5498-2450-2　　定价：23.80元

Contents

目录

第一章

遇见你是美丽的意外

Chapter 1

我第一次去海角旅游的那天，是个阳光明媚的日子。

刚高考结束的我，按照和莫扎特的约定，迫不及待地飞去了从小就向往的海滨城市——海角。海角“城”如其名，仿佛坐落在海的边际，云层低得像要垂到人肩上来。

说起莫扎特，我和他是在网上认识的，当时他将他编的一段钢琴曲放到一个不知名的小网站上，恰好被我发现，我听后十分着迷，给他留了言，他回复了我，就这样一来二去，我们认识了。

我和莫扎特的狗在海边玩游戏，我丢飞盘它接，它摇尾巴摇得很有节奏感，我常常觉得它和莫扎特一样具有艺术细胞呢。

莫扎特姓莫，他的全名他只说过一遍，而且很拗口，我记不清，就干脆叫他莫扎特好了。他养的狗是萨摩耶品种，名叫贝贝，我擅自给它加了个姓氏，叫莫贝贝，它听后高兴得直朝我摇尾巴。

今天，贝贝特别调皮，接飞盘接了不到三次就又跑远了，这次它跑去的方向是一座山丘。

山丘不高，却被茂密的树林覆盖。我沿着树林里的小径一直向上，没找到它，却在岔路口看到一块指路牌，上面写着：前方系私人住宅，请勿前行。

贝贝这个家伙一直有点儿“人来疯”特质，它会不会往有人烟的地方去了？想到这儿，我直接无视了路牌上的警示，往那处私人住宅走去。

展现在我眼前的建筑恢宏华丽，就像中世纪巴洛克的古堡。我惊艳于眼前的景象，于是越走越近，直至一扇爬满了绿色植物的铁门无情地将我阻挡在古堡之外。

我从视觉上的惊艳中回过神来，很快又陷入听觉的深潭之中。

这是一段悠扬动听的口琴乐，但是音乐造诣高如我，也听不出这是什么曲子。隔着铁栏，我只能看到吹奏曲子的人的上半身。他穿着白色的衬衫，脸庞棱角分明、蓝色的眼眸格外吸引人，他看起来帅气无比，只是神色淡漠，应该是一个忧郁的混血儿。

就在我看着这个像从画中走出的少年出神时，旁边草丛中传来窸窸窣窣的声响。一条狗蹿入我的怀中，发出“呜呜”的撒娇声。

是贝贝！它果然在这里！

我捋了捋它身上的毛，低声骂了一句：“坏东西。”

它很享受地往我怀中钻，撒娇的声音更大了。

古堡内传出狗吠，吠声洪亮，我吓得立在原地不知如何是好。

莫贝贝听到古堡内的狗叫后，也开始叫起来。

“汪汪汪……”

“汪汪汪汪……”

不知两只狗是在吵架还是在斗嘴。一个老妇人的声音传来：“是谁？”

我赶紧捂住怀中贝贝的嘴，仓皇而逃。

Chapter 2

转眼到了填写志愿的日子。我考得还不错，爸妈脸上整日挂着笑意，但我接下来的举动让他们的脸一下子晴转多云——我放弃了他们给我选下的A大、B大，鬼使神差地填了海角的一所普通大学。

为此，爸爸一直闷闷地抽烟，晚上他敲响了我的房门。

“如果您是为填志愿的事儿来找我的，我劝您放弃吧。您知道的，我从小就习惯自己的事情自己做主。”我对他说话的态度一向客气而疏离，原因是他不是我的亲生父亲，而是继父。

我的亲生父亲是一名卧底警察，在执行任务的过程中因公殉职。而继父是我小学的语文老师，我对一个男人当小学语文老师感到不屑，还有他不知何时与我妈妈走到一起的这件事也让我打心眼儿里瞧不上他。

不可否认的是，他对我很照顾，可是我对他就是喜欢不起来，从心底有一种抗拒。我叫他爸爸，只是为了让妈妈开心。

“还有一点点商量的余地吗？”他脸上的表情可怜兮兮的。

我不依不饶地回道：“一点儿也没有。”

“好，我知道了，你早点儿休息。”他低叹一声就要关上门，却在最后一刻突然抬头意味深长地对我说，“徐晴，你快十八岁了，就要成为一个大人了，该为自己的任性负责了，你……”

“我知道。”我知道，我一直都知道，我每一次都不等他把话说完就打断他，一定会或多或少地刺伤他。

他关上门，我就打开电脑，开始在博客上写下一篇名为《敬往事一杯》的博文。

时间接近零点，我的灵感如泉涌，我终于知道那些作家为什么都喜欢在深更半夜写小说了，因为越是万籁俱寂的环境，思绪就越是容易一点点沉淀。

我将我这些年遇到的种种全部以文字的形式记录了下来，却在写到我亲生父亲那一段时，手指僵在空中，思绪就此卡壳。我不知道该怎么继续了。

就在这时，我的门又被轻轻敲响了。

我打开门，爸爸一脸讨好地站在那里对我笑：“生日快乐。”

“谢谢。”我想我的面部表情肯定和我的手一样僵硬。

可是他丝毫不介意，手指了指我家大门的方向小声问：“要不要出去庆祝一下？”

我想了想，简短地答了一个字：“好。”

刚下过一场大雨，晚风送来阵阵清凉。少了白天蝉鸣的聒噪，少了毒日头当空带来的胸闷气短，在凌晨的这个时候坐在一家烧烤店的门外大口吃肉其实蛮爽的。

爸爸吃得心不在焉，一直在向老板催着什么，我以为他要的烤鱿鱼一直没烤好，待老板捧上一个插着蜡烛的蛋糕送上桌时我才反应过来。

爸爸松了一口气，举着杯子轻快地对我说："生日快乐。"

"你已经说了两次了。"我突然产生了一种身在梦境的错觉，这种错觉让我的声音哽咽，泪流满面。

"你怎么了？"爸爸慌了，赶紧从桌子上抽出纸巾笨拙地给我擦泪。

我攥着纸巾哭着说："你说，如果他还活着，也会这么清楚地记着我的生日吗？"

"会，但凡身为一位父亲，都会。"他斩钉截铁地回答我。

我抬起头看他，他的眼底有说不出的温柔，就像照在屋檐上的白月光一样。

我猛地一口气将桌上的冰水灌进喉咙，瞬间被呛到，剧烈咳嗽了起来。爸爸轻轻地拍抚我的后背，我仿佛能感受到他手上厚厚的茧。他曾经就是用这只有着厚厚老茧的手在黑板上写下苍劲有力的大字：床前明月光，疑是地上霜。举头望明月，低头思故乡。

我被回忆淹没得快不能呼吸，挣扎着站起来，一路跌跌撞撞地回家。

他付了钱后小跑着追上来，扶着我慢慢走。

我问他："你还记得你自己孩子的生日吗？"

我没听见他是怎样回答我的。

那一夜，我做了一个冗长又奇怪的梦。梦中，我亲生父亲的脸与我继父的脸重合了，他边笑边朝我挥手。我从梦中惊醒，全身都是汗，衣服黏在身上，肌肤却是冰凉一片。过了很久，我的体温才逐渐恢复正常。

闷热的夏季过去的时候，我迎来了我的大学生活。

Chapter 3

我坐了十几个小时的火车，火车临近海角之时，扑面而来的是清新的海水气息。我兴奋地拿出手机给莫扎特发短信。

我从来不知道莫扎特也是海角大学的学生，我一直以为他是一名闭门造车的艺术青年，当我知道时既高兴又失望。高兴的是，我拥有了一名又帅又有才华的学长；失望的是，他的才华并非来自天赋，而是来自老师的培养与暗无天日的练习。

刚走到海角大学门口，就有一大群男生饿狼般朝我拥过来，他们应该就是传说中来接站的学长吧。我没有多理会他们，径直穿过他们，莫扎特微笑着站在不远处望着我。

“嗨。”我抽出一只手，很自然地朝他打了个招呼。

他向我走过来，也很自然地接过我手中的行李。

莫扎特一手提行李箱，一手抱着购物袋，看不出一丝狼狈，显示出了他除了艺术家气质外很man（男人）的一面。

我很轻松地跟在他后面，看着朝我们这边扫射过来的嫉妒的目光，不禁笑了。

“你笑什么？”他问。

“没什么，我高兴。”我答。

“看见我高兴？”

“嗯。”我随口应道。

“你很想我？”他突然停了下来，用很认真的目光端详我。

“是啊，不过更想……”我脑子里浮现那位古堡少年幽蓝的眼睛和轮廓分明的脸庞，脑海里也不禁带出那段一直驻扎在我记忆中的旋律。

“更想谁？”莫扎特低下身子，脸靠得离我很近。

我回过神来时被吓了一跳，不过我的反应很快，立刻答道：“更想莫贝贝。”

莫扎特盯着我望了许久，却望不出什么端倪，我从很小就学会了将情绪和心事掩藏。

最终，他挫败地叹了一口气说：“如果撒谎，贝贝可是会咬你的哦。”

“咬吧咬吧，我也咬它。”我说。

“你还真是……”他暂时想不到好的形容词，只是闷闷地笑出声，我也跟在后面傻笑，脑子里却想着与他无关的事。

海角大学被誉为全国最美的大学，氛围很不错，连宿舍的墙壁都贴着小清新的墙纸，而不是像别的大学那样都是白瓷砖。

我将行李丢在靠阳台的一张床上后，便匆匆下楼去了，因为可爱的莫扎特说要请我吃海鲜大餐。

海角的海鲜店特别多，整条街都是。莫扎特选了一家环境清幽的店带我进去。

我一边对眼前的海鲜狼吞虎咽，一边含糊不清地问莫扎特：“上次你带我去的海边附近有座山，山里有一座很有年代的古堡，你知道吗？”

他的表情有一秒的迟疑，然后笑着否认：“我不知道你说的是什么，你大概是童话故事看多了。”

我捕捉到了他那一秒的迟疑，但我没有拆穿他。每个人都有秘密，他不说自然有他的道理。

跟他告别后，我没有回学校，而是搭了一辆出租车去海边。

这个时节海角已经入秋了，我走在沙滩上，海水没过我的脚踝，凉意顿起。

我凭着记忆找到那座山丘，然后沿着小径往上走。山丘上的树木已经不似我第一次来时那般葱郁，过了盛夏就开始走向颓靡。好像任何事物都是如此，包括感情。

我来到那座古堡前，熟悉的场景尽收眼底。

那个美好的少年依旧坐在水池边的椅子上，微低着头吹口琴，也依旧是那支不知名的曲子，我一遍一遍地听着，竟不知疲倦。

听到第四遍时，我不由自主地跟着轻哼起来。

我有了一种错觉，好像我跋山涉水而来就是为了看他一眼、听他一曲。我想我可能中了一种蛊，一种被他诱惑的蛊。

古堡内的那条狗十分灵敏，它嗅出不寻常的动静便开始狂吠。我的本能反应是立刻转身逃走，奈何今天脚下跟生了根般不想离开。

“是谁？”又响起那位老妇人的声音，她蹒跚的脚步声越来越近，情急之下我弯腰拾了一块石头砸伤了自己的腿。

那扇铁门被一位满面沧桑的老妇人打开，她面无表情地看着我：“你是谁？”

“我是附近大学的学生，到海边来玩，追我的狗追到这里就跑丢了，我的腿也被石头磕到了。”我将上一次和这一次的经历结合起来，半真半假地说。

我想我那一刻的表情一定特别可怜，才引起了那位老妇人的同情心，我的目的达到了。

伤口流着血，伤得不轻，连我都佩服自己下手真狠。

“请进吧。”她看了看我的伤口，侧开身子，扶起我往那座古堡走。

这座古堡仿佛与外界隔绝，无论外界四季如何，古堡内都温暖常青。这是一处世外桃源。古堡内的建筑充满迷人的巴洛克风情，长长的葡萄藤垂在地上，一直蔓延至水边。水池里的水异常清澈，倒映着我的脸，却没有倒映出另一个人的影子。

“他呢？”我一瘸一拐地问。

“谁？”老妇人的声音很迟缓，干瘪得像枯枝掠过墙壁，思绪倒是很敏捷。

“就是……就是刚才坐在这里吹口琴的那个帅哥啊。”我解释道。

“你在说少爷？少爷不见客，他回房了。”老妇人回答我。

“少爷？”我颇感兴趣地咀嚼这两个字，转头笑道，“少爷长得那么帅，为什么不见人？”

老妇人脸沉了下来：“你不是腿摔伤了吗？怎么这么多话？”

我赶紧将嘴巴一闭，继续装作可怜兮兮的模样。

我跟着她进了大厅，巨大的幻彩琉璃吊顶灯就像一只金色的蜘蛛攀附在头顶，繁复而厚重的埃及棉窗帘将阳光挡住，墙上挂着欧洲风景油画，一切都美得足以让我窒息。

老妇人不见了踪影，我一个人在这个像埋了宝藏一样的大厅里乱转，突然就撞到了一个柔软的物体上，抬头一看，竟是一个人。她年纪和我差不多大，穿着保姆的衣服，一动不动地守在楼梯口，从远处看没有一丝生机。

“你没事吧？”我关切地问。

她不理会我，我不甘心，继续问：“你有没有被我撞疼啊？对不起啊，我没看出你是个人，哦，不对，我的意思是……”

我越解释越说不清，一声严肃的咳嗽响起，我转头一看，那老妇人正阴森地注视着我，吓得我不敢乱说话了。

“她是个聋哑人。”老妇人望了那女孩一眼，眼底没有丝毫感情。

“啊？”我感到惊讶。

“你现在不疼了？”老妇人手中举着一个药瓶，眼睛眯起，话语间带了一丝讽刺。

“疼疼疼，哎哟。”说疼就疼，我立刻装出疼痛难忍的样子，从她手中夺过药瓶。

我有时候真是佩服自己的厚脸皮，能够在被别人看穿的情况下继续拙劣地演戏。

那药瓶是瓷的，瓶身上绘着像青花一样的图案。我端详了一会儿，“啪”地打开木塞，扑鼻而来的是一股奇香。

我倒出一点儿药水涂抹在伤口上，清清凉凉，格外舒适。

“这药不错，在药店可以买到吗？”我惊喜地发问。

“在药店都买不到，是祖上传下来的，你喜欢就送给你。”老妇人依旧面无表情。

“请问……你们是不是什么世外高人的后代啊？”我开始贫嘴。

就在老妇人准备回我话的时候，空旷的屋内突然传来一阵急促的脚步声，我抬眼一看，是那个聋哑人向老妇人走了过来，她打着手语，很着急的样子。

“她在说什么？”我不知趣地问了一句。

“你可以走了。”老妇人冷冷地说。

我觉得她很不礼貌，于是站在原地不动。

老妇人把我往外推，她的力气很大，与她的年纪实在不符。她甚至不顾及我的腿伤，一个劲儿地把我往外推，这点让我觉得很奇怪。

我不好厚着脸皮还赖着，便客客气气地说：“谢谢你的药，我先告辞了。”

“赶紧走！”老妇人的话音里也带了一丝旁人不易察觉的颤抖，我狐疑地望着她，她却更用力地推我，直到将我推出大门，将铁门狠狠一关，把我关在古堡之外。

我一步三回头地下了山，一路慢慢走回了学校。

即便晚上我四肢酸痛地躺在床上，脑海里依旧充斥着老妇人凶巴巴的样子。

那个聋哑人对她说了什么让她那么着急？那座古堡有什么秘密吗？

我翻了个身，百思不得其解。

借着月光，我将那个小瓷瓶儿捏在手中把玩。这实在不像这个时代的产物，瓶身有轻微的裂痕，瓶底还藏着泥垢。

我闻着那特殊的香气，迷迷糊糊地睡了一夜。

Chapter 4

我的头很痛，记不得究竟睡了多久，只知道我醒过来的时候手里还攥着那个药瓶。

我们宿舍的女孩子普遍不爱说话，她们都沉默地各忙各的，只有一个女孩例外。她叫王想想，人如其名，整天脑子里都是天马行空的幻想，像一只小麻雀一样，热情地叽叽喳喳，不过不算讨厌。

我读的是历史系，比较冷门的一个系别。无奈我就是对那些看不见、听不见、摸不着的东西有强烈的好奇心，近在咫尺的现实我反而很想逃避。

大学的第一节课是两节连上的中国古代史，一下课我就似离弦的箭般冲到教室门口，堵住付教授的路。

他夹着书本，推了推鼻梁上的老花镜，迷惑地看着我。

我朝他笑得谄媚，将手上的药瓶举到他眼前。

“我想您一定对这个东西很感兴趣。”

“这是……”

我看见他的眼底立刻迸发出光芒，赶紧将瓶子收起来，笑得贼贼的：“付教授，我们借一步谈话？”

他点了点头，应允了。

我们去了他的办公室，掩上门，然后我才神秘兮兮地将瓶子交给他。他拿着一个放大镜将瓶子转来转去，看了很久。

“这是清朝宫廷的物件，你从哪里得来的？”他欣喜地抬头问我。

“啊？”我在短暂的惊愕过后，迅速反应过来，“这是我家祖传的，我爷爷的爷爷在清朝宫廷里当差。”

这句谎话一编完，我就立刻想咬舌自尽。在宫廷里当差的不是太监是什么？我爷爷的爷爷如果是太监，那我是从哪里来的？

付教授很明显沉浸在发现文物的欣喜中，没空理会我话里的漏洞。

“从这瓷瓶儿上花纹的描绘功夫来看，应该是一件孤品。”他慢慢地说道。

“付教授，谢谢您，我以后应该还会有很多机会来向您请教问题，到时候您可别嫌我烦。这个古董就当作谢礼送给您好了。”我惊喜莫名地联想到了一些细枝末节，迫不及待地想去验证，便着急想要离去。

“哎，这我可受不起，这不是你们家祖传的吗？”老教授喊住我。

我一边倒退着一边笑：“我家还有很多类似的东西，这个就送给您了。”

“啊？”老教授目瞪口呆，他颤抖着手在我背后继续喊，“那我也不能要啊，我还是把它捐献给国家好了……”

我没时间再陪老教授聊下去了，下午没课，我一个人转到南街买了一些当地的水果、特产，又直奔海边而去。

出租车上，我又想起那位少年精致的面容和他吹奏的曲子，他身上有种不同于同龄男生的独特气质，遗世而独立，总吸引着我。谁不喜欢特别的人呢？我笑了笑，可是想起古堡里面种种不和谐的神秘，便皱起了眉头。

我之前从没想过自己以后的人生会与别人有多大不同，如今看来，老天早就给我指引了一条路，这条路上充满了诱惑，我无力抵抗，就像一场华丽的冒险，我无法拒绝。

车子停在海边，我将钱付给司机后便拎着水果和特产深一脚浅一脚地往山丘而去。今天的风特别大，不但我的鞋子里面灌满了沙子，连一张口都会吃进一嘴沙子。

去过两次古堡，我已经熟门熟路。

今天的情况不同于以往，既没有看到那位少爷在水池边吹口琴，也没有听到他家的狗在叫唤。

我正仰着脖子朝里面张望，突然一双眼睛出现在门缝中与我对视。我吓得倒退一步，再仔细一看，居然是那位老妇人。

她就那么阴森森地、一动不动地看着我，让我越发心虚。

“您……您怎么会在这里啊？”我露出乖巧的笑。

“你又来干什么？”老妇人的语气并不友善。

我理亏，只得高高举起手上的东西，笑着说：“上次你不是送了药水给我吗？那药水简直是神药啊，一擦就好，我这不是来报恩的嘛。”

她盯着我看了半晌，打开了门。我不敢和她对视，她那双浑浊的眼睛下好似是我看不见的深渊，能将我吞没。

“好了，我收到了，你可以走了。”老妇人接过水果，语气冰冷地说。

我脸部肌肉抽了抽，顿了顿后说：“你好歹也请我进去坐坐吧？我真的挺想见见你家少爷的。”

“少爷病了，不见客，你请回吧。下次也不要来了。”老妇人的脸色冷得像千山暮雪，万年不化。

第一次被人这么直白地拒绝，我的脸面有些挂不住了，不过既然想知道真相满足好奇心，此刻就得捺住性子。我讪笑着问：“你们家少爷怎么总是有那么多理由不见客啊？今天还病得这么凑巧。”

“这不关你的事，你到底走不走？”老妇人开始下逐客令。

我有一种预感，这位“少爷”并不是病了，而是躲着不愿意见我，但是他现在一定在某个角落注视着我和他家这位老妇人的对峙。

我没有说话，将东西交给老妇人后，缓缓后退，却在老妇人不注意的时候，一下子绕到她身后，往屋子的方向跑去。

老妇人的脚力自然比不过我，直到我跑到了台阶上，她还没有追过来。我正窃喜，就在我要打开门走进去时才发现，屋子的门是锁着的，需要钥匙才能入内。

老妇人慢慢踱过来，脸上露出讽刺的笑容，那笑让人浑身不自在，心生挫败感。

我知道她是容不下我了，于是我抓紧时间边敲门边大声说：“你好，我叫徐晴，我喜欢听你吹口琴，那首曲子特别好听！”

来都来了，那就必须让他记住我，这才是我的目的。虽然最后一句话叫破音了，但说完这些心里话，我顿时觉得舒坦了许多。

老妇人惊恐地走上来捂着我的嘴，把我往外拖。我也不想反抗了，我的第一个目的已经达到，他一定听见了。

“你这个疯丫头，鬼叫什么！”她在我耳边急道。她捂着我的嘴的手很粗糙，应该受过很多的苦吧？我这样想。

老妇人把我拽到门外后，将大门狠狠关上，就连叶子都经受不住这样的震颤，从枝条上落到我的头上来。

我不死心地拽着门，望着老妇人渐行渐远的身影喊：“你们少爷是不是和平常人有什么不一样，所以才躲着外人啊？”

老妇人的后脊僵了僵，似乎被我言中了。但是她没有回头，而是继续向前走了。

我也灰心丧气地一步一步下山。

就在我快走到山下的时候，敏感的我察觉身后的草丛中窸窸窣窣的声音却并非是风吹草木的微弱声响。

我猛地回头，发现竟然是那老妇人在我身后。她脚步匆匆，发髻都乱了，虽然气喘吁吁，脸上的表情却依旧一丝不苟。

我惊讶地停住脚步望着她。

她朝我走过来，将手中拿着的一张字条递给我：“少爷给的。”

“给我？”我不可思议地指着自己，然后迫不及待地打开字条一看，竟然是一串数字，按排列顺序来看，不可能是手机号码，只能是QQ（一种网络即时聊天工具）号。

“你们家的少爷……也上网？”我问了一个很傻的问题。

“为什么不呢？”她感到很奇怪。

我捋了捋头发，不好意思地回道：“不是啦，我是觉得有钱人家的少爷会玩点儿不一样的东西，这样才显得特别吧。”

她并不理会我说的话，径自说道：“少爷听到你的名字后就写了这张字条让我交给你，说你以后可以通过这个联系他。”

“太棒了。”我忍不住拿出字条看了一遍又一遍，整个人都雀跃起来。

“我的话带到了，我走了。”老妇人走了不到几步又回过头来，迟疑地说，“还有，你以后还是少来这里。”

我还没来得及问她为什么，她便消失在草丛中。那座古堡到山脚一定有条近路，而老妇人走的就是那条近路。不过我现在没有多余的心情去想这些了，我小心翼翼地将字条收好，整个人就跟飞上了云端一样轻飘飘的。

一回到宿舍，我就迫不及待地打开电脑，加了他的QQ号。

他并不在线，头像是灰色的，网名很别致，只有一个很简单的英文单词——Star。

Star？星星？明星？总之就是闪亮得让人无法忽视的存在吧。

我托着腮，闭着眼睛，在脑海中仔细描摹他吹口琴的模样。

Chapter 5

梦里又是无垠的海洋。

我被人用麻绳绑着手脚从甲板上扔进海里，咸涩的海水漫过我的身体、鼻腔、眼睛乃至头顶。我连挣扎都没办法，身体一直下沉。死亡的恐惧占据了我整个脑海，我想要喊叫，在水下却发不出一点儿声音，反而呛进一大口海水。

“啪”，一摞书本掉在地上的声音让我惊醒过来。原来我在课堂上睡着了。

数双眼睛朝我扫过来，我对他们做了一个抱歉的手势，便弯腰下去拾书。

一个人在我之前帮我做了这件事，我抬头一看，是王想想，这姑娘笑起来的样子还真甜。

“谢啦。”我也朝她报以一笑。

“一个宿舍的，谢什么谢，真见外。”她小声地嘟囔着。

这是个可爱又热心的姑娘，如果我是个男生，我一定会喜欢她。

下课后，我从学校超市买了一个甜筒边吃边走，脑子里还回忆着那个梦境，我不止一次做过这个梦。

有人在我身后拍了拍我的背，我被吓了一跳。

“看来你是独居动物，总看到你一个人走。”王想想说。

“习惯了。”

“你的性格还真的蛮奇怪的，说你拒人于千里之外吧，你又挺活泼的，会偶尔参与我们的话题、说个冷笑话什么的。可是你又明显不同于我们，好像总是藏了一肚子的心事。”王想想用指节顶着下颚，认真地打量我。

我尴尬地笑了笑，不知道怎么回答她。

不知道为什么，我不习惯与人亲近，总觉得不安全。当然，我自己主动接近的人除外，莫扎特算一个吧，古堡少爷也算一个。

就在这时，一群女生追着一个男生从我们眼前呼啸着奔过去。

“是什么明星来学校开见面会吗？”我好奇地仰起头张望。

“算是海角大学的学生心中的明星吧，我觉得他甚至比电视上的那些明星还要闪亮。”王想想平时那副叽叽喳喳的样子不见了，语气居然变得温柔起来。

我狐疑地盯着她追问：“那是谁？”

“郑星啊，他只要一出现我就能认出他，不管他离我多远。”王想想的眼神迷离，像沉浸在一场旖旎的春秋大梦里。

“郑星是谁？”我只觉得这个名字有点儿耳熟，可实在记不起来他是谁。

“你呀，真像个山顶洞人，什么都不知道。大一的新生里最出挑的就是他了，钢琴王子，眼睛和手指最迷人。以前学校最有艺术气质、最受女生欢迎的男生是莫司林，他一来，把莫学长的风头都抢光了。”王想想答道。

“莫司林？”我数根神经中最敏感的一条被牵动了。莫司林就是莫扎特的真名，因为每次说起这个名字我的舌头总得打个滚儿，所以我不愿记住。

我不是个人云亦云的人，可是当听说这个男生能将莫扎特比下去，我也对他产生了那么一点儿兴趣。

我抱着这点儿兴趣回到了宿舍，当电脑显示古堡少年通过了我的QQ好友申请，这点儿兴趣就立刻被我抛诸脑后了。

你好。

别看我第一句敲出去的话只有两个字，但这两个字绝对是我经过深思熟虑后才敲出去的。花痴不行，矫情不行，装文艺、装纯情、装小资通通不行，我只能一本正经。

你好。

他回了一句跟我一模一样的话。这样的话让我陷入尴尬。虽然是他主动留下自己的联络方式的，此时此刻的他和我说话却客气而疏远。

我脑子飞速转动着，不断制造话题与他聊天，而他总是不冷不热地回答着我。我以问号开始，他以句号结束，我从来不知道和一个人聊天这么累。

王想想一直站在我背后看我跟他聊天，她喝了一口水后建议道：“你直接跟他视频吧，据说见面三分情，人在网络上很容易伪装自己，只要面对面就会好一些。”

“真的？”我像抓住了一根救命稻草一样。

“嗯。”王想想确定地点点头。

我将这个要求发到对话框内，他很快地回复了我，答案是——可以。

我心花怒放地理了理头发，还特地将散在一边的头发捋到了两边，顺着脸颊一路向下，这样看起来脸比较小。

做完这件事后我才打开了摄像头。即便我已经做好了心理准备，可是当他的脸出现在我的电脑屏幕上时，我还是被惊艳到了。那张我曾远远望着的侧脸，如今近在咫尺地出现在我面前，与我面对面，像一幅静默的画。

“啪”，身后响起玻璃杯碎了一地的声音。

我回过头去看，原来是王想想的杯子碎了。而她目不转睛地盯着我的电脑，手还保持着捧杯的姿势，全然不知道自己的杯子已经碎了。

“喂——”我一手握着鼠标，一手在她面前挥舞。

“这……这是郑星啊。”王想想震惊地指着屏幕。

“什么？”我惊得站了起来，再回头看屏幕上的郑星，他笑得无邪动人。

第二章

我永远愿意当个听众

Chapter 1

自从知道我和郑星认识以后，王想想就更喜欢缠着我了。吃饭要找我一起吃，买东西也要找我一起，以致我总有一种错觉，我和她的关系紧密得像连体婴儿一样。

王想想极力怂恿我将郑星约出来见面，我照做了，郑星居然也同意了。

其实我十分不能理解郑星的想法。我在他家门口偷偷望了他两次，还想方设法混进他家想见他一面，他却对我避而不见。可是在知道我的名字之后，他就突然变得主动了，这有点儿不符合逻辑啊。

难道是我的名字太好听，所以打动了他？徐晴，这实在是一个烂大街的名字，找一百个路人排排站，估计马上就能找到和我同名同姓的。

或许他早就注意到我了，但故意装酷，好达到欲擒故纵的目的？

不不不，这绝对不可能。我要敢这么想，就太自恋了。

“喂，你摇什么头，在想什么？”我的思绪被王想想拉回来。

“没什么。”我朝她笑笑。

我们坐在一条小巷子内的咖啡店里，客人只有我们两个。这个地方是王想想选的，说是低调安静，我来的时候跟着她找了半天。

“哎。”她朝我招了招手，我将耳朵凑过去。

她神秘兮兮地问：“听说你和莫司林也很熟，是不是？”

“也不是很熟悉，就是认识。”我回道。

“你个死丫头，跟我说话干吗那么官方，熟就熟啦，我偶尔会看到他和你一起吃饭啊，你们聊天好像还蛮融洽的样子。”王想想若有所思道。

“嗯，熟、熟。”我忙不迭地敷衍着她。

我现在很紧张，因为我在意的古堡少年不知道是不是下一秒就会跨进这家店里来。我无法做到像王想想那样轻松活泼。

“我特别想知道你和莫司林是怎么认识的，可别跟我说你们是在网上认识的。”王想想将吸管插进奶茶里，将杯子推到一边，紧盯着我说。

她的双眸里散发出一种迫人的光芒，让人很不舒服。

“我们还真的就是在网上认识的，他是创作者，我是乐迷，就这么简单。”我也学她将吸管插进奶茶，将杯子推到一边。与她不同的是，吸管被我咬得稀巴烂。

王想想看着被我咬烂的吸管，又转过头看着我饶有兴致地问：“那你和郑星呢？我更好奇这个。”

我感觉她之前问莫扎特，就是为接下来问郑星做铺垫的。我突然对眼前的这位“麻雀姑娘”反感起来，她无论如何也不该这么侵犯我的隐私。

“我们小时候就认识。”我开始随口编故事。

我知道说谎不是一个好习惯，从小我妈就给我讲过狼来了的故事，可是我实在不想将关于古堡的那段记忆拿出来与任何人分享。

“啊？那你们是青梅竹马？”她的惊讶不是装的，可是很夸张。

“不是吧。后来我们就失去联系了，再后来在海角遇到了，彼此就留下了QQ号。”我继续编。

“那你和他聊天时为什么……”

“朋友之间开个玩笑嘛，哈哈哈。”她的话还没说完，我便心虚地辩解，然后更加心虚地哈哈大笑起来，以掩饰内心的惶恐。

窗台上那只午睡的猫咪听到我的笑声，浑身奓毛，惊悚地跑开了。

王想想探究似的盯着我看，就在我尴尬得想找个地缝钻进去时，郑星终于来了。

他戴着一顶棒球帽，穿得很休闲，却掩饰不住他与生俱来的夺目光彩，似乎有他的地方就是舞台。

“嗨。”他朝我们露出一个迷人的微笑，慵懒地坐了下来。

“你喝什么？”王想想立即热情地贴上去。

“随便。”郑星无所谓地耸了耸肩。

“那喝我这个吧，这是这家店的新产品哦。”王想想跟他推荐完毕后便朝服务生喊道，“一杯炫色果冻。”

我看她那股勤样儿，差一点儿就以为她是这家店的托儿。

“你是不是因为练琴才来晚了啊？我们等了你好久哎。”王想想极力想表现自己的俏皮活泼，殊不知她表现得越自然，落在我眼底就越做作。我现在心底就跟有万只蚂蚁在啃噬一样，难受得很。

“也没有，临时有点儿事。”郑星回话就跟念台词剧本一样，像事先就料到了有人会这么问，所以他就这么答，让人感觉不到一丝诚意。

王想想碰了这么个软钉子，一时间也想不出别的话来接。我不禁笑了起来。

“你笑什么？”郑星说话带着一点儿娃娃音，相当可爱。

此时他已经摘下了帽子，倚在椅背上，眼角弯了弯，笑着望向我。

“哦，她比较乐观。”王想想终于找到了话说，立刻将话题的主动权夺了回去。

“哦？”郑星的语调微微向上，表现出对我很好奇的样子。

我的脸一下子发烫，不敢与他的蓝眼睛对视，轻咳了一声，便开始东张西望。

“哦，对了，徐晴说你们从小就认识？”

王想想这句话惊得我要从椅子上跳起来了。完了，这下要出洋相了！我在心底骂了自己千百遍。

谁知郑星没有露出丝毫惊讶，轻轻点头：“对呀。我们是青梅竹马，她是青梅，我是竹马。”

郑星的眼眸里闪现出戏谑的神采，我知道他看穿了我，却还是感激他在这种情况下帮我圆谎。

不过我觉得有些不对劲，至于是哪里不对劲又说不上来，总觉得那个在水池边吹口琴的少年不应该拥有这样明媚的性格，居然还能说出“青梅竹马”这样的笑话。

“你在想什么？”郑星突然发问。

“啊？”我慌张之下拿过奶茶杯就吮吸管，吸管发出巨大的声响。我低头一看，奶茶早就见底了，我咬着空吸管的样子一定很滑稽。

“你真有趣。”郑星说，随后他朝我眨了眨眼，又补充了一句，“和小时候一样那么有趣。”

我更脸红得无处躲了，他这句话明显是说给王想想听的。

“那我就没趣了吗？”王想想插话进来。

“你的有趣和她的有趣不一样。”想了想，郑星才意味深长地回了这么一句。

“哪里不一样？”王想想不依不饶地发问，而郑星也没有显露出丝毫不耐烦。

不愧是住着古堡的大户人家的少爷，教养真好。

我们三个一直在咖啡店坐到黄昏，出门的时候，遇上了一个不速之客。

莫扎特与我面对面地站着，我朝他打招呼：“你也喜欢来这里喝咖啡啊？”

“嗯。”今天的莫扎特看起来很冷漠。平时我朝他打招呼，他最起码会笑一下。可是他今天紧抿嘴唇，严肃得好像谁欠了他钱一样。

“莫学长好。”带头说这句话的居然不是王想想，而是郑星，这让我很吃惊。

面对郑星礼貌的态度，莫扎特则表现得不太友好，他冷哼了一声，十分不屑地回应郑星：“少假惺惺的，我最讨厌虚伪。”

郑星依旧面带笑容，没有流露出一丝不高兴。

莫扎特一把抓住我的胳膊，将我往外拽："你跟我来。"

"痛痛痛，快松手啊。"我拍着他的手，却一点儿用都没有，整个人就这么被他拉到了离咖啡店几十米远的地方。

"你干吗啊？"一停下来，我就开始揉肩膀，抱怨地问。

"你怎么会跟郑星在一起？"莫扎特的语气里透着一股森寒。

"那是因为……"我正要实话实说，却突然想到，"你怎么会认识郑星呢？"我开始将问题抛给他。

他并没有正面回答我的问题，只是面无表情地说："我大一的时候曾去参加过R国的一个钢琴比赛，那个比赛很权威，我为此付出了很多，但还是只拿了第二名，而第一名就是你说的郑星。那个比赛，即使是拿了第二名在学校也是极轰动的一件事了。可是他居然也考进了海大，他是故意的。那么多大学他不选，专业的音乐学院他不去，偏偏要来这里！"他越说越激动，脸上有着很强的"瑜亮情结"。

我听懂了来龙去脉后，眉头一皱："比赛本来就有输赢，第一名只有一个。从今天郑星对你的表现来看，他没有不尊重你这位学长。"

我说的话是在宽慰他，谁知道他听了之后越来越生气了。

"你居然帮他说话？"他说话的音调不高，却有掩饰不住的怒意。

"我不是在帮他说话，而是实事求是。"我强调道。

莫扎特眯起眼睛，再睁开时，瞳孔内放射出的犀利的光，让我嗅到了危险的气息，我不禁倒退了一步。此时此刻我有些怕他，因为今天的莫扎特看起来太不正常了。

"你帮他！你们都偏袒他！只有他是完美的，我就处处都是不是了吗？"莫扎特吼道。

"你疯了吗！那么大声干什么！"我恼怒地骂道。

"疯了？我怎么会疯？你说你懂我，你懂我的音乐、懂我的心，你还说我是这个世界上最优秀的钢琴师、作曲家，那么现在呢？你怎么又去恭维那个郑星了呢！"他歇斯底里地吼道。

我突然失语，因为这些话确实是我说的。可是那时，这些话只是表明了一个乐迷对一个偶像的欣赏，他却当真了。

我从没想过，我这么一个平凡无奇的小人物会对莫扎特产生什么影响。我不知道为什么前几天还陪着我去遛狗的好朋友今天要对我如此恶语相向。

"对不起。"我的心软下来，向前走了两步，试图伸手将莫扎特从地上拉起来。

莫扎特却自己站了起来，然后冷冷地对我说："你别过来。我现在总算看清楚了，原来你也是那么虚伪，假惺惺的！只有音乐最纯粹，我不会再相信你了，不会再相信任何人了！"

"不对，莫扎特，你听我说……"我急急地喊住他，想给他灌输一些乐观的思想。他这种非黑即白的性子，总让我觉得有些害怕。

有些可笑吧，我整个过去的人生都葬在阴郁的天气里，我却还试图给别人带去阳光。

他转过身，对我说的最后一句话是："下星期的斗琴大赛，如果我再一次败给他，那我就……"

或许是那天的风太大了，最后的那几个字我怎么都没听清楚。

Chapter2

在这几天里我不断地联系莫扎特，可无论是发短信还是打电话，他都没有回过我，这让我感到很无助。

天气阴郁了两天，终于开始放晴，在这一天我受到了郑星的邀约。

我进了厕所，压抑着内心躁动不已的欣喜，给自己刷了睫毛膏，涂上唇彩，最后在洗手池的镜子前转了两圈后，这才满意地偷偷出了门。

见到了郑星，我明显感觉出来他眼前一亮。

“你今天看起来不太一样，很漂亮。”他夸奖道。

“谢谢，不过我明天看起来也会漂亮，后天也是。”我笑着回答道。

“之前没看出来，你还挺伶牙俐齿的。”郑星的眼底盈满了笑意。

“那是。”我自豪地仰起头，像一只骄傲的丹顶鹤。

“走吧。”郑星用手轻轻揽了揽我的腰，随后又放下。可这么细微的一个举动令我脸红心跳。

“去哪里？”我赶忙问。

“你想去哪里？”他语气温和地反问我。

“哪里都可以？”我凑近了他，调皮地问。

他愣了一下，随后快速回我：“当然。”

“那就去你家吧，带我去古堡做客。”我故作轻松地说，看起来像临时做出的决定，其实我在心底偷偷谋划很久了，就是怕他拒绝。

他略微犹豫了一会儿后就无比爽快地回答：“行。”

今天是我第三次探访海边古堡的日子，因为这次有人陪同，心情变得不同。

一路上，他都没怎么跟我说话，只是不停地在用手机发短信，我嫉妒那个收他短信的人，却又不能表现出来，只得没话找话说：“为什么你以前不搭理我，却自从我冲到你们家楼下自我介绍后，你就让你们家那个‘容嬷嬷’出来给我递字条？”

“嗯？”他停下了发短信的动作，一脸茫然。

我以为他是对我口中的“容嬷嬷”一词有意见，于是难为情地改口：“其实我是不知道她是你们家的什么人啦，感觉很凶。”

“她是我们家的管家。”郑星答。

“哦。”我点点头，气氛又陷入了僵局。

以前经常在电视上看到大户人家的家里都会配一名管家，外国电视剧里的英国管家喜欢戴着眼镜，像园丁一样仔细呵护着主人家的花草。中国电视剧里的管家都是指挥家丁干活儿以及算账。由此可见，外国的管家都是管理学出身，而中国的管家都是会计学出身。可郑星他们家的管家怎么是个浑身散发着阴郁气质的老妇人呢？

想着这些，我和他已经走到了古堡前。

令我意想不到的是，那老妇人居然站在门口躬身请我们进去。于是我昂首挺胸地大步走进去，看着她对我毕恭毕敬的样子我就更加得意了。如果说郑星是这座古堡里的老虎，那我就是森林里一只偷窥老虎家的狐狸。

我看到那被太阳照射得波光潋滟的水池，心神一动，口中喃喃道："你就坐在这水池边吹着口琴，那样的画面，美得不真实。"

"嗯？"郑星扬了扬眉头，随后豁然大笑，那笑声里也仿佛渗透进了阳光。

"你可不可以坐在这里，再吹一次口琴给我听？"我木木地指着水池边的椅子，轻轻地开口请求他。

站在一旁的老妇人上前一步，用不太友善的目光瞧着我说："你这个丫头，少爷请你来做客，你怎么还要求这要求那的？"

我被她吓得有些不敢说话了，自从她上次推过我之后，我就挺怕她的。

"张嫂，你先下去吧。"郑星这时候开了口。

"少爷？"老妇人不可思议地望着郑星，那表情就好像她一定要寸步不离郑星，否则我就能把她家少爷生吞活剥了。

可我对她的不满不敢表现在脸上，毕竟这里是人家的地盘。郑星努了努嘴，老妇人就慢慢走远了，渐渐消失在我的视线中。不用看也知道，她一定是带着一脸的不甘心。

"原来她姓张啊。"我望着她消失的方向若有所思道。

"你在乱感慨什么？"郑星抱臂看着我笑。

"没，没啊，我只是觉得姓张的人好多，怎么你这古堡里的人也不例外？"我说出了一个莫名其妙的理由，连我自己都觉得莫名其妙。

郑星只是保持着原来的姿势，沉默地笑。

"你别总是笑啦，满足我这个小小的愿望好不好？"我开始求他，因为我觉得比起此时此刻站在我面前的他，还是那个坐在水池边吹口琴的少年更让我心动。

我想要再体验一次，那种整个人被惊艳的感觉。

"我弹钢琴给你听吧。"他突然说。

"可是……"

“不想听？”他慢慢收拢了笑容。

“不不不，非常想听！”我怕他不高兴，赶紧答应。

我随着他往屋子的方向走，他要带我从后门进入，说那样离他的房间更近一些。结果我惊喜地发现了一个后花园。

“要不要进去看看？”他发觉了我眼中惊喜的光芒。

“嗯。”我毫不掩饰对看美景的强烈欲望。

我抢先一步迈入花园，那后花园内的美景迷乱了我的眼。一簇一簇的花儿各自妖娆。它们全部向上开放，就好像一个个不服输的美人儿在向我邀宠。

唯有旁边的一朵，孤孤单单地立着，放眼望去，这个品种的花只有这一枝。

“这是罂粟花。”郑星站在我背后，突然出声，“不知道从什么地方飘过来的种子，慢慢地就扎了根。”

“啊？”我惊呼出声。

我只听过，却不曾亲眼见过这种植物。它妖艳地散发出一种独特的诱惑。就像这世间的万物，凡是美到极致的，必定使人丧命。

我蹲下来，细细地看着它的花叶，突然想到什么，问郑星：“我离罂粟花这么近，不会中毒吧？”

“不会，只要不吸食它的果实，都不会中毒。”郑星耐心地回答我。

我盯着这朵花看了很久，才起身跟着郑星往他的房间而去。

路上我冷静下来后，脑子里就一直在想一个问题：郑星家的后花园里怎么会有一株罂粟花呢？飘过来就能扎根的罂粟花，听起来真有些不可置信。

带着这个疑问，我跟着郑星穿越长长的走廊和迂回的过道，走到他的房间门口。

“为什么你们家的窗户都要用厚重的窗帘遮住啊？这样显得整个家里阴沉沉的，让人不舒服。”我抱着双臂，奇怪地问道。

郑星怔了怔，然后低头说：“我不喜欢阳光。”

“哦，这样啊。”我想起他出现在我面前的时候，如果是晴天，总是会戴着那顶棒球帽遮阳，对此我表示理解。可是又一幅画面浮现在我脑海中，他低头吹口琴的模样已经在我心中扎根了，每一次回想的时候，都是晴天吧？

进了他的房间后，他随手将门关上。

他的房间并不奢华，用一个词来形容就是简洁。我站在他的房间里，浑身不自在起来。之前一路行走的时候都没看到人，我与他也算是独处，可他们家的人都神神秘秘的，指不定从哪个角落里就能蹿出一个人……

我的眼睛于始四处张望，好在郑星并不是很在意，他径直走到钢琴前坐下。

我看着他的背影与钢琴渐渐合为一体，灵动的钢琴旋律传来，是肖邦的《第20号夜曲》，我突然就想到了莫扎特。

他比谁都更在乎输赢，尤其是在郑星这样强大的对手面前。当时他的表现像一把弓箭，不偏不倚地射中了我的心房。

我站直身子，很突兀地喊了一声：“郑星……”

钢琴曲戛然而止，安静得可怕。在这样死寂的气氛中我突然不敢说话。

“怎么了？”他微微侧过身，轻声问。

“下个星期是不是就要举行斗琴大赛了？”我发问。

“嗯，怎么了？”他的手指还停留在琴键上空。

我望着他手指下的阴影出神，莫司林这个名字在口中百转千回，硬是说不出口，我的舌头总是在最关键的时候打结。

“没……没什么，你要加油。”我说。

“好。”他的语调很温软，让人听起来很舒服，像三月的雨。

接着郑星继续弹奏钢琴，我逐渐沉醉在他的琴声里。他真的是一个太耀眼的男生。Star，星光，他是浮光盛世中万众瞩目的那颗星。

Chapter 3

终于到了斗琴大赛这天。

每所大学都有自己的社团，社团会举行一些有趣的比赛来丰富大学生们的课余生活。海角大学的斗琴大赛无疑是一场盛事，因为两个人物——郑星与莫司林。

大家都说第一名绝对会在郑星和莫司林之间诞生，高手与高手之间的较量原本就很精彩，于是不光海角大学的学生，海角的其他大学，以及周边城市大学的大学生都会来一睹这两位钢琴王子的风采。

因此，海角大学头一次做出看比赛要凭票入场的规定，当然，本校学生免费，他校学生就要花钱买票了。就算是这样，还是有学生络绎不绝地拥入海角大学。

我穿梭在人群中寻找莫扎特，我已经好几天没有见到他，无时无刻不在担心他会走极端。

路过我身边的女生都在议论——

“你们说这次比赛谁会赢？”

“郑星呗。”

“你就知道偏心郑星，我看莫司林会赢，他帅气又沉稳，就是我理想中的男生。”

“你个花痴，要说帅，郑星才帅，他是混血儿，那宝石蓝的眼睛，真是漂亮。”

“你们不知道，以前我在国外看过他们俩的比赛，当时莫司林就是输给了郑星，输得可惨了，据说……”

听到这里那女生的声音便小了下去，我再也听不到她后面说的什么，但看她那神秘兮兮的样子，一定不是什么好话。我更急了，心想一定要找到莫扎特。

“你在找莫司林？”有人拍了拍我的肩膀。

我一转头，不用看脸，只看那标志性的棒球帽就知道是郑星。可是他这身打扮未免太另类了，明明穿着黑色的西装、锃亮的皮鞋，头上却戴着那么休闲的帽子。

“你这可是低调中的高调啊，不想被人认出来追得满街跑，可是你这打扮太引人注目了。”我说。

他知道我在说他的帽子，反倒将帽檐压低了一些：“我说过我怕太阳。”

“你坐在水池边吹口琴的时候怎么不怕太阳？”我忍不住问。

“你能不能……”他顿了顿，突然停住，然后迅速将话头转了个弯，“你是不是在找莫司林啊？”

“是啊，你见过他？”我狐疑地盯着他瞧。

“他在琴房。”郑星答。

“喂，你是不是要去找他？”郑星见我听了他的话就要跑开，赶紧拉住我。

“是啊，你拉住我干吗？”我现在心急如焚。

“你看不到他的，他把琴房的门反锁了，要一个人在里面练到比赛为止。”郑星耸了耸肩膀，一脸无奈地说道。

“这个人真是……”我咬牙切齿，不知道用什么词形容他才好。

莫扎特那里行不通，我只好在郑星身上下功夫。

“来来来。”我朝郑星勾了勾食指，他很配合地将耳朵靠过来。

“我可不可以跟你商量件事儿？”我小心翼翼地问。

“要看什么事儿了。”郑星笑着答。

“斗琴大赛的冠军对你很重要吗？”没等他回答，我就又说，“其实你得过那么多大奖，应该不稀罕一个学校办的比赛的第一名吧。”

“话不能这么说，比赛不是看大小，而是看竞争对手。莫司林学长，是一个能让我提升自我的对手。”郑星酷酷地说道。

我一听就急了，再也顾不得跟他绕弯子，直接说：“那你能不能让他一回？嗯？你以前赢过他，这次就输他一回呗！”

“我输给他有什么好处吗？”郑星佯装很惊讶的样子，我猜不透他的心思，但是比赛就快开始了。我一急，就从口袋里掏出钱包，再从钱包里倒出一些零零散散的纸币，塞进他手里。刚做完这件事，我就清醒了，然后蒙了，不知所措。

郑星初时愣了愣，随后笑了起来：“你这是在贿赂我？”

“算是贿赂你吧。你看你那么有钱，我这么穷，我把全身的家当都掏给你了，你就不能答应我这个请求吗？”我争分夺秒地问。

“这点儿钱就想贿赂我？你这个要求有些无理，不过，你要是给我一个能够说服我的理由，我就答应你。”郑星戏谑地望着我。

我急得几乎要跳起来了：“他要是再输给你，会崩溃的，他是我的朋友，我不想他难过！”

“哦？他还真是输不起。”郑星说这句话的时候，唇角的笑容消失殆尽，我不知道他的真实想法，只听到他淡漠和无所谓的语气。

突然，他将帽檐拨高，双目和我对视：“是他让你这么做的吗？”

下意识地，我的头摇得跟拨浪鼓一样。

郑星唇角弯了弯：“那很好，我答应你就是了。”

“真的吗？”我惊喜莫名，想不到有关荣誉的事，他居然这么想得开。

“嗯。”郑星淡淡地应了一声，随后离开了。

解决了这件事，我的心情轻松万分，十分明朗——轻松明朗得我连身后何时站了个人都不知道。

“你跟郑星，已经开始交往了吗？”一个声音响起，我吓得一回头，看到王想想站在我身后，看那姿势，似乎已经站了很久。

我顿觉不妙，我们刚才说的话……她是不是都听见了？

“咦，你什么时候来的？”我佯装轻松地问道，心中忐忑不已。

“你跟郑星，是不是在交往？”她问。

“没有啦，不是你想的那样。”我连忙否认，可是自己心里其实也没有底气，因为我确实喜欢郑星，可是这些我难道会希望第三个人知道吗？

“那你干吗和他靠得那样近？”王想想眼眸中的神色复杂。

她果然在这里站了很久，也看到了我紧挨着郑星说话的那一幕，看来我是百口莫辩了。即便是这样，我也不能一句话不说。

“很多事不是你看到的那样，也不是你想的那样。他在跟我说他一会儿要演奏的曲目里会用到的技巧，不能被别人听到啊，否则就没有惊喜了。”我想我的脑细胞已经因为这个问题而死了不知道多少批，我总不能说靠得近是因为我在掏钱给他，那样更解释不通。

“是吗？”王想想面无表情地问，随后再没有看我，而是径自走向比赛的演播厅。

我终于松了一口气，可是冷静下来后就开始懊恼自己刚才情急之下撒下的谎，不知道日后被揭穿之时，我又该用什么谎来圆这个谎。为了我的私心，我感觉自己将娄子越捅越大，总有一天再也无法用东西填满。

满怀心事的我不知不觉地走到了演播厅，抬头往里面一看，黑压压的一片人头，每个人的脸上都是欣喜的神色，好像能观看到这场比赛是自己的福气一样。

我找了个角落的位置坐下来，没有跟任何人说话。

舞台的灯光亮起，评委也全部到位，主持人宣布比赛开始。

一轮轮的角逐下来，果真只剩下郑星与莫扎特留在舞台之上，其他参赛选手与他们两人的实力相差太远。

我看到灯光之下的莫扎特脸色蜡黄，尽显疲态，那双眼睛里却闪着桀骜的光芒。郑星站在他旁边，唇角带着从容的微笑，十分得体。

我的心简直提到了嗓子眼儿，坐立不安。整个大厅的气氛也渐入高潮。

首先演奏的是莫扎特，他身着一袭高贵的黑色燕尾服，向观众鞠躬行礼的时候并没有看任何人，他冷漠的神态举止越发引起了女生们的疯狂。

他也不负众望，演奏了一曲《诗人之死》，流畅的旋律令刚刚还是鼎沸的演播厅安静下来，黑色的音律就像一个寂静的旋涡，让所有人都在这旋涡中感受着情绪的波动。忽隐忽现，忽强忽弱，好似在与命运做斗争，可惜人始终挣扎不过命运……旋律以极弱的敲击力度完结，就像诗人咽下了最后一口气。

大厅内爆发出雷鸣般的掌声。我还沉浸在那样的气氛中，待听到众人的欢呼声时才反应过来，随后也真心地为他鼓掌。他真的是一个才子，毋庸置疑。

接着便是郑星上场，女生们的热情更加高涨了。他没有莫扎特的庄穆，也没有莫扎特的冷漠，他只是朝台下微微颔首，便坐到了钢琴边，整个状态都很放松。

我突然有些紧张起来，郑星记不记得我们之间的约定呢？

郑星选的曲子是《唐璜的回忆》，当主持人将这首曲子的名字报出来时，我看到评委都是一脸惊诧的神色，然后纷纷耳语。起初我没察觉出不对劲，只是听到身后也是学钢琴的两个女孩子在议论——

“郑星疯了吧，他的技艺在莫司林之上，选支普通的变奏曲或者圆舞曲就可以赢啊，怎么选这首曲子？几乎没人敢弹奏这个啊。”

“好像之前只有一名日本的女钢琴师在国际演奏会上表演过，之后几乎没人演奏过，郑星可真敢挑战高难度。”

我心下一惊，突然明白了郑星这么做的意义。如果真的是为了履行承诺，用挑战极限的方式输，也不会太丢脸，至多让大家觉得惋惜。

他小心翼翼地将这首曲子演绎完，站起来谢幕鞠躬的时候，轻轻呼出一口气。

接下来是评委商议，选手休息的时间，说是休息，其实应该是最紧张的时刻才对。

最终，冠军是莫扎特的。莫扎特嘴上措辞谦虚，眼底却藏不住得意。而郑星自始至终都只是淡漠地站着，他虽是主角，却像个边缘人物一样，将自己抽离，从他的蓝眼睛就可以看出来他不在状态。

其实郑星和莫扎特都没有弹错一个音符。郑星输就输在，他选的这首曲子气势很宏大，而他全程太小心翼翼，弹出了艰深的技术，却没有弹出其丰富的感情。而莫扎特显然把《诗人之死》弹活了。

比赛结束后，郑星就把他的棒球帽戴上，朝我走来。

“你要不要去恭喜一下莫司林？”郑星唇角扬了扬。

“不……不了。”我往后退了一步。

恰好这时莫扎特朝我这边走来，准确地说，他只是想从我身后的门出去。

“学长，恭喜了。”我不说，郑星倒是积极地说出这句话。

而莫扎特就跟没看见我们一样，想直接走出去，郑星不以为意地继续说：“学长，晚上大家可以一起吃个饭吗？”

莫扎特停下脚步，讽刺地看了我一眼，随后又将目光转到郑星身上，无比轻蔑地说：“我从不和手下败将一起吃饭。”

说完这句话他就潇洒地转身离开，我有些气不过，却不知道该说什么好。

只剩下我和郑星站在大厅内，我低垂着头，觉得很对不起郑星，害他没有得冠军，还害得他被羞辱了一顿。我不知道莫扎特为什么会变成这样，我最开始认识的他不是这样的，还是……每个人都有另一面，只是我从未了解过他？

“对不起。”我说。

郑星忽然伸出手，温柔地摸了摸我的头：“我也不是全为了你。”

“嗯？”我不解地抬起头，与他的目光对视，他的眼睛里满载柔和的光。

“好了，我们一起去吃饭吧。”郑星说。

“好。”走至门口时我停下来问，“你说不全是为了我，这句话是什么意思？”

郑星走在我前面停住脚步，他没有转过身，而是背对着我，声音若有若无：“他是个很要强的人，他的妈妈唯一的心愿就是他能成为出色的钢琴家。在R国比赛的时候，他输给了我，那时候我还有个女朋友，我的女朋友借机狠狠地嘲笑了他一番，他自此有了一块心病。我也因为这件事和那个女孩分手了。所以如果这次能让他心里舒坦一些，不再那么恨我，我输一次也无所谓。”

我理清楚他说的话后，突然想到了一个问题：“原来你早就想趁着这个机会弥补你那位前女友的过错，那你干吗还问我要给你什么好处？”

“你把我的钱还给我。”我朝他伸出手，那可是我这个月所剩不多的生活费了。

“送给别人的东西，怎么可以要回去？”

“可是，可是……”我急得想要辩解，却一时之间想不到更好的说辞。

郑星看着我脸憋得通红的样子朗声大笑，然后抓住我的手掌一拍，又将钱塞回了我的手心。

过了一会儿，他的笑容慢慢消失，又凝视着我的眼睛，表情很认真地说：“你有没有想过，我可能真的喜欢上你了。”

我被他这句话击中，不知所措。

“不过可能有一天你会发现，你喜欢的不过是那名你第一眼看上的吹口琴的少年，而不是我。”郑星喃喃地说。

“有什么区别吗？”我越来越难以理解郑星说的话了。

郑星的眼睫毛低垂了下来，我看不清他的眸色。他没有再回答我，径自走在了前面，我没有再问，而是跟在他后面行走，保持着恰到好处的距离，不逾越、不追问，收起满腹的好奇。我怕我闯入的是另一个我无法预知也无法接受的世界，因为回忆里的飓风已经将我袭涌。

Chapter 4

秋天的风和金黄的叶子一起席卷大地。

国庆节刚过，大家还沉浸在长假懒散的氛围中缓不过劲儿来。

这一天发生的事，定格在我的记忆里，永不褪色。

莫扎特留书出走了，告别信以大字报的形式写在学院的公告栏上。

他说，这个世界太虚伪了，他要去寻找属于自己内心的平静。

直到这时我才深深地觉得，莫扎特比郑星更具音乐家的高傲与纯粹。或许是我们太浅薄，没法听出他琴声里的呐喊吧。

耳边传来围观之人的议论声。

“听说他妈妈小时候家里穷，迷恋上了钢琴，却没有条件去学。她生下莫司林后，便把所有的希望寄托在儿子身上。不许他看动画片，不许他玩游戏，逼着他练琴。莫司林没有童年，他的童年就是黑白交织的琴键。”

“真是可怜。怪不得他性格那么孤僻、偏激，没有朋友，原来把钢琴当作一生的事业了，他是承受不住压力才选择离开的吧。”

我站在人群之外，木然地听着他们对莫扎特的评价，突然悲从中来。我从未好好地了解过他，又怎么配当他的知音呢？

只是，莫扎特，你走了，贝贝怎么办？没有了你，它那么孤单，可怎么办才好？

我连续几天不食不眠，形容枯槁，跟一具木乃伊一样。我不敢睡觉，因为一闭上眼睛就能看到比向日葵还要灿烂的莫扎特。

莫扎特离开后的第五天，郑星约我出去，我拒绝了。他以为我还在伤心，于是不停地给我发短信，也不停地试图打电话给我，可我始终没有回一个。我不是不想和他“约会”，而是我过不了自己心里的那道坎儿。

学校里风言风语早就传遍了，大家都知道了斗琴大赛上，郑星故意输给莫扎特这件事。我的直觉告诉我，莫扎特离开的主因就是这件事，他要命的自尊让他宁可输，也不能容忍别人故意认输，因为这是在变相地羞辱他。

R国那次，加上这回的斗琴，同样都是受到了羞辱，过程不尽相似，结果倒是惊人地一致。我觉得郑星将这件事说出去，实在不太绅士。

晚上，我一个人晚自修回来，居然在女生宿舍楼下被郑星拦住，他没有戴棒球帽，眼神无比冷厉。

“为什么躲着我？”郑星问。

我扭过头，不答。

旁边路过的女生认出了郑星，纷纷掩着嘴耳语起来。即使光线很暗，她们也看出来郑星的脸色很难看，她们不敢近前，但是也不走远，都在围观。

我感觉那些女生看向我的目光有如芒刺。

“你是不是觉得莫学长的离开和我有关？”郑星继续说，他的语气再轻，我也听得出其中蕴藏的怒意。

就是这怒意触动了我心底一发而不可收拾的伤感，我难过地反问：“难道和你没有关吗？”

“不是我传出去的，你信也好，不信也罢。”郑星说得云淡风轻，眼神里的冷厉却并没有减少一分。

“那会是谁呢？这么做有什么好处呢？只有你啊，我能想到的只有你啊！我忘记了是个男生都要面子，每个人都喜欢当王者、当英雄，你怎么肯轻易舍去这个机会呢？你当然要让所有人知道，你不是没本事得第一，而是你不屑。可就是因为你的不屑，伤害了一个人啊！”我顾不得周围人的看戏心理，歇斯底里道。

郑星上前一步抓住我的肩，他力度很大，疼得我直皱眉。

“你知不知道莫司林心理本来就有问题，他一直觉得自己怀才不遇，世上没人能懂他！他那样孤高的人，只要他不想走，就没有人可以逼走他，除非他自己放不过自己，这件事跟任何人都没有关系。”郑星看着我，一字一顿地跟我说。

“直到现在，你还不肯承认。”我痛心疾首。

“我需要承认些什么？徐晴，你这样对我不公平。”郑星怒瞪眼睛。

“你们不要吵了，那件事是我放出风去的。郑星的水平本来就高于莫司林，凭什么要输给他？”一个不和谐的声音插进来。

我和郑星同时望去，王想想从宿舍楼走出来，她站在台阶上，一脸的无所畏。

四周看热闹的女生格外兴奋，觉得这场戏真是越来越好看了。

“为什么？”我一步一步走向王想想，颤抖着声音问，“莫司林跟你有什么仇？你要这么对他。”

“又不是我把他赶走的，你跟我说有什么用？我只是看不惯你这么冤枉郑星，所以不如承认好了。那天我不单单看到你和郑星单独在一起，我还听到了你们俩的对话，一字不漏。”王想想非常坦白地望着我说。

她的声音很大，周围一圈女生都听见了“在一起”三个字，顿时，人群中像炸开了锅一样。

“天哪，她居然和郑星单独在一起。”

“她怎么配？”

“就是，不会是真的吧？”

她们就像一群演技拙劣的演员，故意说着刺痛我的话。

我望着四周的灯火和一圈陌生的面孔，久违的恨意又涌上了心头。

没有人懂我，也没有人会帮我，历史那么相似，我在绝望中无法逃脱。

王想想走向怔在原地的郑星，依旧是坦白从容的眼神，她说：“你是最优秀的，我不想你受到任何不公的待遇。”

我是不是又哭了？泪眼蒙眬起来，一个人影走向我，他低沉的声音在我耳边响起：“我带你走。”

我拼命将泪水擦干，才看清眼前的人是郑星。也只有他了吧，可是他为什么要在这种难堪的场合下跟我说话？他完全可以将我们的关系撇得一干二净。这样，他依旧是高高在上的钢琴王子，我依旧是海角大学一名普通的路人甲，我们之间不会再有交集。

“你走不走？”郑星扯着我的胳膊，牵引我往前走。

“郑星……”王想想也许没听到刚刚郑星在我耳边说的话，但是看出了他的意图，她迫切地张口唤住他。

郑星停下脚步，我内心慌张起来，抓住他的衣服恳求道：“别去，别去好不好？”

郑星深深看了我一眼，松开我的手，朝王想想走去，他在离她几步远的地方停下，沉声道：“以后别自作聪明地揣摩我的想法！”

王想想微笑的脸顿时变得难看起来，她不敢相信郑星居然会对她说出这样的话。印象中，郑星每每和她说话都是和颜悦色的，没有一次像今天这样严肃，而且当着这么多人，一点儿面子都不给。

王想想的眼圈也红了起来，昏黄的灯光照着她的脸庞，满是不可置信和委屈的神色。

“走吧。”郑星将和颜悦色全部给了我，迫不及待地带我离开这个难堪的地方。

那个时候的郑星一定料想不到，我并不是第一次面对这种场景，记忆中的画面与现实中的画面重合，他就像一个天神一样从天而降，救我于水火之中。

Chapter 5

那天晚上，郑星带我去了他家。但是我们没有从正门进入，郑星好像怕什么人看见一样，带我从一条很偏僻的小径走的。

那条小径上满是杂草，相当隐蔽。我对这条小径的熟悉感来自郑星家的管家，也就是那位老妇人张嫂。张嫂那次急着给我送字条，走的就是这条路。

我再次被郑星带入他的房间，房间依旧干净整齐。他让我在他的床上休息，他自己则在沙发椅上过了一夜。

整整一夜，他没有跟我说一句话。我蜷缩在他的被子里，也是一夜无眠。

凌晨时分，外面下了一场雨。秋天的雨，每下一次，天气就凉一分。

我从床上爬起来，将自己的外套披在郑星的身上。他眉头深锁，好似要睁开眼，却没有醒过来。

你会梦到什么呢？会不会和我一样，一旦睡熟，就会梦到很多难以释怀的场景呢？

我望着他好看的眉目入神，突然听到外面传来像椅子倒地的声响。

谁？我打了一个激灵。

我走到房门口，轻轻打开门，一股冷风钻入我的脖子。

我抱紧身子，侧身走出了房间。

幽深的走廊十分寂静，好似刚才那声响只是我的错觉。

我壮着胆子往走廊深处走了走，两边墙壁上挂着的古老油画形成了一种奇怪的氛围，将我包裹其中。

我的视线由墙上的油画到走廊的另一头，窗外惨白的月光照射不到走廊的尽头，那里全部被黑暗所代替。

我在黑暗中突然看到了一双眼睛，漆黑而可怖，让我心生胆怯。

我越害怕，双腿越像被灌了铅一样走不动。明明心中很慌张，喉咙却跟被人扼住一样，什么声音都发不出，让我感觉前所未有地恐惧。

忽然有一双温热的手从背后覆住了我的眼睛，又将我带回了房间。

郑星的双眼，不像刚睡醒时的惺忪，而是一副精神抖擞的样子。这让我怀疑他是不是一直在装睡，而我的行动一直在他的掌握中。

“刚才，刚才那个是什么……”我听见自己的声音在颤抖。

“是一只野猫。”郑星似乎早料到我要问什么，从容不迫地说道。

“可是……”可是那分明是一双人的眼睛。

“回去睡吧，天快亮了，你还要上课。”不等我说完，郑星就打断我的话。

他的语气温柔却坚定，不容我反抗。

第二天，我在回校的路上，都被同学当观赏动物一样地看着，我不自在极了，但也知道问题所在。

宿舍楼下的小黑板上写着我的名字，我因为夜不归宿被处分了。我自嘲地笑了笑，即使不是王想想去宿管阿姨那里告的状，那些围观的女生也不会沉默的。

从郑星带我走的那一刻起，我就成了所有女生的公敌。

下课后，我买了两杯奶茶想给郑星送过去，虽然不是什么值钱的东西，但总归是我的一点儿心意，感谢他昨晚的相救和收留。

可是我在他们系上理论课的教室门外张望了一会儿，并没有看到他人，平日里他应该是人群中最出挑的一个。

我随意拉住一个人问了才知道，郑星请了病假回去休息了。我怔了怔，突然想起来昨晚郑星在沙发椅上躺了一夜，可能因此着凉感冒了。

这么一想，我心里更加愧疚。于是我去超市买了一些水果，又像上次一样，准备登门感谢。只不过上一次抱有目的性，这次却是纯粹的感谢。

我是走那条小径去古堡的，即使是白天，我一个人走那条路也觉得阴森森的，有种说不出的怪异。

我壮着胆子穿过曲折的长廊寻找郑星的房间，不知不觉，我竟在古堡里迷路了。

这可怎么办才好?

我站在那条幽深走廊的尽头，望着摆在我面前这条不知通向哪里的路，心生苦恼。

昨夜就是在这条走廊上看到一双漆黑的眼睛，仿佛只属于黑夜。我不想再在这里待下去了，开始在这栋屋子里乱走，只要不走回原地都是一种进步。

走了几分钟后，我看到了一间位置很隐蔽的房间，看起来有些像郑星的房间。

我走上前去敲门，可是敲了几下没有人应我。难道郑星不在自己房间里？我感到奇怪，又用了些力气敲门，还是没人应我。我壮着胆子直接推门而入，一股风迎面而来，吹在脸上很舒服。

我抬头一看，是窗户没关。

真粗心，这样感冒会更严重的。我摇了摇头，随后走进去，想帮忙把窗户关上，却在快走到窗台时，被背后突然响起的一个女声吓到。

“你干什么？”

我回头一看，眼前的女人站得笔直，穿着一袭白色的衣衫，面容姣好，手上端着一杯水和一盒药。

“你是谁？”我和她同时发出这句疑问。

“我叫徐晴，是郑星的同学。”这座古堡内的人应该都认识郑星吧，所以我这么自我介绍应该没问题。

“哦。”她答应着，眼神却很戒备。

“那你是谁？”我壮着胆子，一步一步朝她迈近。

“郑星的妈妈。”她很快地回答。

我愣在原地，呆滞地望着她。郑星该跟我同岁，可是眼前的女人看起来不过比我大了十岁左右。

她大概是猜到了我的想法，也不解释，眼底浮出些许笑意。

“我失礼了。”在与她对视后，我突然清醒过来，意识到了此刻自己尴尬的处境，忙不迭地说。

“没关系。”她道。

“你是要给郑星送药吗？”我指着她手上的水和药物问。

“不是。”她否认，接着话题一转，“你要找他的话，我带你去。”

于是，我跟着她穿过幽幽的长廊，她走在前面，我跟在后方。这整栋宅子静得出奇，静得我甚至可以听见自己的呼吸声。

“好了，就是那间，你自己进去吧。轻一些，他也病了，需要休息。”郑星的妈妈指了指尽头的一间房间，轻声说。

我站在那房间门外，望着郑星的妈妈的身影渐渐远去，心中存满了疑惑，这栋宅子里到底住了几个人？另一个生病的人是张嫂吗？

想着，我便迈开了步子，打算追随着郑星妈妈去一探究竟。可我刚迈出一步，耳旁拂过一阵风，有一股力量将我瞬间拉进屋子内，然后门被“砰”一声关上。

那个人的手心发烫，我一转身就看到郑星站在我面前。

“生病了手劲儿还那么大。”我揉着后脊，嘟囔道。

“好奇心别太强。”郑星面无表情地提醒我。

“可你们家让人好奇的事情确实太多了，刚才我迷路了，在一个房间里看到了一位自称你妈妈的女人，可是她好年轻……”

“她是我的继母，我的亲生妈妈很早前就去世了。”郑星直接打断我的话。

“哦。”跟我心底的猜测分毫不差。

我在这样沉默的氛围里无所适从，于是将手中的一袋水果拎起来给郑星：“我是来看望你的。”

郑星的脸色这才好看了一些，他拉我坐下，这时天空突然响起一记惊雷。

“快下雨了，我送你下山。”郑星起身道。

“啊？”我有些蒙了。

他突然凑近我：“这雨要是下个不停的话，难道你要待在这里过夜？”

“不，不，马上走，马上就走。”我被盯得心慌慌，但心底有一个声音在喊——“又不是没待过。”

本来是我来看望病人，最后却是病人送我下山。我心里特别过意不去，以至于忘记问郑星，除了他，他们家生病的还有谁。

Chapter 6

这之后的第三天，我见到了郑星。在那之前，我接到了爸爸打来的电话，这是我来到海角之后他给我打的第一通电话。

我无法做到像其他女孩一样在电话里对着自己的爸爸撒娇，却也在他说出“我和你妈妈都想你了，你不在家真不习惯”之类的话时，瞬间红了眼眶。

在那之后，我就在宿舍楼下撞见了郑星。

“好巧。”他一看见我就跟我打招呼。

我低着头想要匆匆而过。

“唉，你的眼睛怎么红得跟兔子一样？”结果还是被他发现了。

“没事，就是想家了。”我抽了抽鼻子，小声回道。

郑星居然毫不避讳地伸出手摸了摸我的头，笑道：“还真是个恋家的小姑娘。”

“小姑娘”这个词让我心底莫名一暖。

我抬头盯着他看，直到把他看得不自然起来。他虚揽了我一把，笑道：“我请你喝茶去？”

“可我不喜欢喝茶。”我皱皱眉头。

“那就当你陪我去喝吧，我正好有些话要对你说。”郑星唇角微微上扬，笑得一脸无邪。

“行，我也有话要对你说。”我揉了揉眼睛，答应得很爽快。

有几个提着水壶或拿着饭盒的女孩子从我身边经过，她们脸上恨不得拉我去浸猪笼的表情我已经见怪不怪。

我们去了学校附近的一家茶馆。

“你要跟我说什么？”我双手手肘撑在桌子上，问郑星。

“你先说。”郑星帮我倒了一杯茶，头也不抬地说。

“为什么要我先说？”

“因为我要说的事是重点，重点的都压轴，不是吗？”郑星很从容地答道。

“嘁。”我撇了撇唇角，随后探着身子问，“我想知道你们家除了你、你继母、张嫂、一位聋哑仆人外还有谁。”

郑星意味深长地看着我细数他们家的人。

“你这么积极地要了解我们家的家庭成员，是想成为其中一个吗？”他幽幽道。

“才……才不是，我就是好奇。”我说话开始不由自主地结巴。

郑星突然从身边的包中拿出一个精致的盒子递给我道：“我给你买了这个。”

我打开盒子一看，里面躺着一串紫水晶的手链，通透明亮。

“这是……”我迟疑了一下，被那紫水晶夺目的光彩闪了眼。

“送给你的。”郑星说。

“今天是什么特殊的日子吗？”我问。

“不是特殊的日子就不能送你礼物？这可是我精挑细选了很久的礼物。”他看着我，目光变得很温柔。

“所以呢？”我心里像揣了一只疯狂跳动的兔子，突然很期待他接下来的话。

“学校里的风言风语你肯定听说了，我觉得让你白白背着这些谣言挺不公平的，不如就落实了吧，做我女朋友，如何？”郑星眼底的柔光与那紫水晶的光彩相映成辉，让我根本无从拒绝。

“好。”我想都不想便干脆地回道。

“这么不矜持？好歹欲迎还拒一下啊。”郑星看着我笑。

“我现在因为你被所有女生孤立了，这是你应该给我的补偿。”我仰起脸，说得理所当然。

“好了。”我又将话题绕回了原点，“现在我是你女朋友了，你可以告诉我你们家到底有几口人了吗？你妈妈那天拿药给谁吃？”

他看着我，时光自此静默。

突然，他朝我招了招手：“你过来。”

我愕然，但还是朝他走了过去，在他身边坐下。他很自然地将手搭在我的肩上，凝视着我腿上已经愈合的伤疤，轻声问：“疼不疼？”

“现在不疼了，你们家的祖传药真管用，包治百伤。”我故意笑得夸张。他是在故意绕开话题吧，就是不肯回答我的疑问。

“那就好。”他欣慰地笑笑。

这次我没有放过他，径直说：“你还没回答我的问题呢。”

他的笑容瞬间消失了，眼神落在杯子上，似乎要将那茶杯看穿一样。许久，我才听他在我耳边低声说：“是我哥哥。”

“你还有哥哥？”我很惊讶。

学校里那些女生整日没事就聚在一起八卦，以前莫司林还在时，话题是他们俩。如今莫司林离开了，便只剩下郑星一个。她们能八卦出郑星之前在R国住的酒店名称，却没有一个人知道郑星还有一个哥哥？

郑星似乎看出了我心底的困惑，便接着说：“我哥哥从小身体不好，一直在家里养病，又怕生，所以也不见客。”

他这句话瞬间让我有醍醐灌顶的感觉，我血管里的血液加速流动起来。

“所以……我之前见到的在水池边吹口琴的少年其实是你哥哥？”我大胆地提出了自己的猜想。

“我之前一直不想说是因为害怕你意识到自己一见倾心的对象其实是我哥哥……”

我没有说话，静静地听他讲述。

“原本我只是帮哥哥的忙，没想到与你在一起久了，倒真的有些喜欢上你了。你也许不那么漂亮，但仔细看看，生得挺可爱的。够善良，也够仗义，万事都会为别人考虑。可见有些戏不能乱演，因为我假戏真做了。”郑星用极认真的眼神望着我，他的眼深邃如海，似乎一不小心就会沉迷其中。

“帮哥哥的忙？”我迷糊了。

“嗯，哥哥说他跟你是旧相识。那天你在楼下做自我介绍，他听到了，让张嫂交给你我的QQ号码，拜托我代替他多多照顾你，所以我才会主动接近你。”

原来是这样，怪不得我的直觉告诉我郑星与我那日看到的少年身上有太多的不同。

郑星的哥哥说他与我是旧相识？那这件事就有趣了，我可不记得我的人生中出现过一位混血的旧相识。

我想再问郑星一些事，却见他的脸色很不好。

我明白这已是他的底线，所以不再追问，只是点了点头。他居然松了一口气。

今天，便是我们开始交往的第一日。

第三章

从此这世界出现两个你

Chapter 1

回到宿舍后，我躺在床上反复想着白天郑星跟我说的话。

“哥哥说他跟你是旧相识。那天你在楼下做自我介绍，他听到了，让张嫂交给你我的QQ，他拜托我代替他多多照顾你，所以我才会主动接近你。”想到这句话时，我猛然从床上惊坐起。

因为我脑海中出现了一个模糊的身影，我已经想不起他的面容，但那个身影拉住我的一瞬间，我瞧见了他右脸颊上的一颗痣，所以我对那颗痣印象极其深刻。

郑星送给我的紫水晶在暗夜里发出诡异的光芒，好像在提示着我什么。

这一夜过后便是郑星的生日，他约我去海边庆祝。这是我们交往以来的第一次正式约会。我从箱底翻出一条俏丽的红色短裙，去了海边。

秋天海边的风已经很凉了，我感觉到腿上一阵阵凉意，但还是硬撑着走向海边。我看见郑星一个人坐在堤坝上，旁边是一箱子冰镇可乐。

他未等我去，一个人就开始喝冰饮，一边的沙子里埋着几个他刚喝完的可乐罐子。

这样的场景让我想到了莫扎特。

以前他也喜欢带我来这里喝饮料，那时我们聊着他最爱的音乐，脚下是松软的沙子，陪伴我们的还有莫扎特家那条耐不住寂寞的狗——贝贝。

这样熟悉的场景令我触景伤情。

郑星听到身后的动静便转过身来，看见是我，忙朝我招手：“过来吧。”

我牵强地朝他露出一个微笑，说的第一句话便是：“生日快乐。”

他也朝我笑，表情却很迷茫：“生日是真的，但是不快乐。”

如果在以前，我一定会以为像郑星这样的人，是没有资格不快乐的。但现在我很认同他的不快乐，因为每个人心底都有秘密，藏着这样的秘密，就把快乐压制住了。

“我没有带礼物耶。”我试图用轻快的语气对他说。

交往第二天，又是他的生日，我不想自己的坏心情影响了他，他的眉梢也有一丝说不清道不明的感伤。

“没关系，我不怎么过生日的。”郑星无所谓地耸了耸肩。

“怎么会？没人给你过吗？”我问。

“生日要跟重要的人过才有意义，过去几年里，重要的人都离我而去了。如今才再次遇到，所以今年的生日我打算过，但是都不习惯了。”他自嘲地说。

“你……”我的好奇心又促使我要犯错误了，还好我立刻刹车，将还未问出的话咽回了肚子里。

他口中重要的人指的是我吗？

我站起身，在他面前转了一个圆圈，红色的裙摆随风飘扬。

“漂亮吗？”

“漂亮。”

我看见郑星的眼底倒映着我的身影，火红的一片。

我在他面前跳舞，任由我的身影在他眼底烧成一片。跳累了，我便坐在他身边和他一起喝可乐。

“如果有人吹口琴，我跳舞，那场面一定很美。”我自恋地脱口而出。

他拿着饮料瓶子的手僵在半空中，突然抬头看着我问：“你到底是喜欢我，还是喜欢我哥哥？”

我愣了愣，明白自己说错话了。

“其实……”他似乎打算跟我坦白些什么。

“其实什么？”我喉咙一涩。

我脑子里瞬间闪过一个念头，连我自己都被吓了一跳。

他又深深地望了我一眼，最终什么都没说。空气咸涩，气氛沉默。

我们一边喝可乐一边看海鸥的英姿，我嗡嗡作响的脑海里突然闪过一句歌词：海鸟跟鱼相爱，只是一场意外。

不多时，郑星睡着了。

他的手机就在他手边，对我来说真的是一个诱惑，我想验证一下刚才脑海里瞬间闪过的念头。

终于，该死的好奇心还是打败了道德。

不知是因为过分激动还是别的原因，我握着他手机的手一直在颤抖。

可是从短信一直翻到通话记录，都没有翻出什么不寻常的东西来。我很失望，觉得那个念头不过是我的一个臆想。

就在我准备将手机放回原处的时候，眼睛无意间扫到了暗下去的手机屏幕，手僵在半空中，一起僵住的还有我的眼睛。

我准备看得更清楚一些时，屏幕已经完全黑了。

我打开他手机的图库，一张张浏览着里面的照片，都是一些寻常的比赛时的照片，可就在看到最后一张时，我震惊地瞪大了双眼。

照片上是两个男孩，这两个男孩的容貌相似度达百分之九十，只是一个唇角噙着笑，一个神情淡漠。

一个是郑星，另一个应该就是郑星口中的“哥哥”，他的右脸颊上有一颗痣。

我的大脑瞬间一片空白。

待我反应过来后，我决定再一次探访古堡，虽然我知道那里面的人并不欢迎我这个不速之客，可有些事我必须弄清楚，那关系到一件大事。

我叫了一辆出租车，以送困倦的郑星回家为理由再一次来到古堡。

熟悉的景致，熟悉的大门，却再未见那名吹口琴的少年。

“你怎么又来了？你还真当这儿是你家啊。”张嫂来开门，看见是我，立刻露出不耐烦的表情嘲讽道。

我还未回话，她看到倚靠在我身上的郑星时，眉头一皱道：“你带少爷去喝可乐了？他对这饮料过敏。”

我“呵呵”笑了一声，状似不经意地说：“是二少爷吧。”

不是反问句而是肯定句的语气连我自己也被吓了一跳。

张嫂的眉头皱得极深，像一个恐怖的旋涡，仿佛要将人吸进去般。她阴沉着脸道：“看来你知道得很多。”

“带我去见你们家大少爷，我有话要跟他说。”

“大少爷是你想见就能见的吗？”张嫂瞪着我，从我身上将郑星抢过去，径自扶着他往古堡内走去。

我跟在她后面，神经紧绷。就快走到大厅门外时，聋哑的仆人走出来，她像个被操控的机械人一样，不闻不问地接过郑星，搀扶着他朝内走去。

郑星被带走后，张嫂用她的身躯挡住了我的去路。

“还不走？那你就永远都别走了，我再给你最后一次机会。”张嫂浑浊的眼球里闪现着精光，语带讥诮，根本不像一位迟暮的老妇人。

我知道这是一次绝佳的机会，所以也不知道自己哪里来的勇气，竟然鼓足勇气一下子撞开张嫂，往屋子里面奔去。

光线一下子暗下来，我像走进了一个囚牢中。

张嫂反应过来后疯狂地冲向了我。

我一边躲一边将手边能丢的东西全部掷向张嫂，茶杯、遥控器、花瓶，可是她的身手异常敏捷，我没有一次丢中她。

满地狼藉，我有些怕。

人在最害怕的紧要关头，会爆发出一些自己不曾发现的潜力。我决定赌一把，我边躲边朝着她喊："我理解你护主的心情，也知道你们家大少爷身体不好，可是我没有伤害他的意思。我是来报恩的，因为他是我的救命恩人！"

我以为她听到我这句话会停下动作，谁知道她的面色更加难看："就是因为这个原因，你才不可饶恕！"

张嫂开始露出凶光，气急败坏地向我逼近，我逃到沙发处，无处可躲。

"姑娘，我不是没给过你机会，是你自己送上门的。"张嫂随手抄起一根细长的棍子举到我头顶，我见躲闪不开，只好绝望地闭上眼睛，想象中的疼痛却没有来临。

"啊。"

我身后传来了一声痛苦的呻吟。我睁开眼睛回头一看，霎时怔住。

郑星，哦不，应该说是和郑星几乎长得一模一样的少年坐在轮椅上，他的右手挡在我的头顶，为我顶住了张嫂的攻击。

张嫂看到那名少年很震惊，立刻停下动作，恢复了恭谨的模样。

少年的胸腔微微起伏着，表情吃痛却隐忍。

我近距离地看着他，有些发怔。

"跟我来。"他淡漠地扫了我一眼，幽幽地吐出这句话。

我跟在他后面，看他用手推动轮椅的动作非常纯熟，心底感觉到讶异。

走到一个拐弯时，他停了下来，轮椅转了个弯，望着我后面道："你不用跟来。"

我这才察觉，原来张嫂是一直跟着我们的。

"少爷……"她戒备地望着我，很明显是不信任我，对他的举动也感到很不认同。

"我的话没听见？"他的声音没有刻意提高，这句话却硬是让人察觉到了不可抗拒的威严。

"是。"张嫂垂下了头，默默地站在原地不动了。

我随他到了一间窗明几净的房间，他的房间没有用厚实的窗帘挡住阳光，窗户大敞，徐徐的海风伴着阳光吹进来，让人只觉得舒适。

让我感到惊讶的是，他把我叫进来，却没有主动跟我说话，只是静默地看着窗外。

"刚才谢谢你。"我试图打破沉默。

我的主动显然没什么作用，不但没有打破沉默，还将气氛弄得更加尴尬了。他始终在认真地看窗外的风景，根本没有将我说的话放在心上。

我深呼吸了一下，随后语气轻柔地说：“让我看看你的手。”

他依旧当作没听见，我有些懊恼，不知道他在想什么。

这时，有人推门而入，他听到声响后异常迅速地回过头，神情愠怒：“谁允许你进来的？不会敲门吗？”

聋哑的仆人委屈地指了指自己手上的东西。

她手上提着一个医药箱，估计是张嫂让她来给少爷包扎伤口的。

“放下后就出去吧。”他的口气依旧很威严，冲仆人摆了摆手。

仆人看到他的手势，将医药箱放在桌上后就关上门退了出去。

房间内再一次只剩下我和他两个人。

心中有千言万语却不知从何说起，我深吸一口气，跑去将医药箱提了过来，放在他脚下，从箱子里拿出纱布和药水。

“手给我。”我抬头对他说。

他的手伸过来的时候，我只看了一眼，心便疼得无以复加。他的手肿得老高。

“忍着点儿。”我给他擦拭药水，一边擦一边不停地跟他说这句话，好像疼的是我一样，可他从头至尾都没叫过一句疼。

我一边擦药，一边趁着这个机会跟他聊天：“你的腿怎么回事？为什么要坐轮椅，是摔伤了吗？”

他的身体一僵，随后我听见他的声音从我的头顶传来：“你要看吗？”

“看什么？”我没反应过来。

他径自将裤管卷起来，一直卷到膝盖，我望向他的“腿”，立刻震惊得说不出话来。那不是一双腿，而是一双没有生命力的假肢。

“这是……这是……”我重复着这两个字，惊惶之下不知道说什么好。

“徐晴。”他喊我，我抬头，他也正望向我，四目相对，他的气息愈来愈靠近，蓝色的眼睛让我感到心悸。

“你不记得我了吗？”这个声音仿佛来自梦境。

Chapter 2

你不记得我了吗?

这短短的一句话瞬间占据了我整个大脑，让我动弹不得。

我怎么会不记得呢？从他说我是他的旧相识，从他脸上的痣，从这古堡神神秘秘的一切，如果将这一切串联起来，我想我已经知道此刻在我面前的人是谁。

“你是郑星的双胞胎哥哥。”我答。

他笑了笑，点头：“不错，我叫郑寒。”

“你曾经救过我。”我喃喃道。

他的目光又飘向了窗外，声音忽远忽近：“我没料到此生还能再遇见你，大概是冥冥之中注定的吧。我想守护你，可是已经没了这份能力，所以拜托我弟弟来替我完成这个梦。”

“你……你这双腿究竟是怎么回事？是因为当年救我？”我结结巴巴地问，手指向自己。

他的目光从远处收回来，又重新落在我身上。

九年前。

一个寻常的傍晚，我和往常一样，背着书包沿着小路回家。走着走着，突然听见身后响起一连串的脚步声。这条小路平时除了我根本没人走，我有些紧张地加快了脚步，那脚步声也紧随其后。

有人小跑着上来，一把捂住了我的口鼻，一股刺鼻的味道涌入我的鼻腔，来不及喊叫和挣扎我就失去了意识。

醒来的时候，我发现自己被捆绑在一把椅子上，嘴巴被胶带封住。我打量了一下四周，狭小的空间里堆满各种麻袋，这里是仓库。这个仓库摇摇晃晃的，我立刻意识到我被绑架到了一艘船上。

为什么要绑架我？我昏迷了多久？现在是白天还是黑夜？我通通不知。

我的肚子咕咕叫，很想念妈妈做的饭菜，妈妈这会儿应该很担心我吧。

就在我想着这些事时，仓库的门被打开，一束强光扫进来，我眯了眯眼睛，待眼睛适应强光之后，才看清楚是几个金发碧眼的外国人，他们说着我不太听得懂的英文，我隐约听见“kill（杀掉）”“her（她）”这样的单词。

我十分害怕，不停扭动着身子挣扎，想逃跑。

他们注意到了我，两个身形强壮的男人为我松绑，刚一松，他们又用胶带反绕住我的手，我无法动弹。

他们将我带出船舱来到甲板上，我看到我所在的船漂泊在茫茫大海上，就算我想逃也无处可逃，也没人可求救。

脚下绊到一个软软的东西，我低头一看，顿时全身的血液都冲向了天灵盖。

那是我爸爸!

他的胸口中了子弹，倒在一片血泊之中。

“爸爸，爸爸！”我叫着他，可是他一动不动，我不敢去想“死亡”这个词，眼泪顺着脸颊往下淌。

这些浑蛋，杀了我爸爸。

我想扑过去，可是手被反绑，身体被擒住。

他们几个把爸爸抬起来，毫不犹豫地丢进大海，“扑通”一声，伴随着我声嘶力竭的一声“不”，爸爸的身体一下子被海浪吞噬，消失在我眼前。

我还沉浸在无尽的哀痛中时，就看见一个人掏出一把枪，将枪口对准了我，然后上了膛。

我知道接下来轮到我了，既然躲不掉，那就去陪爸爸吧，我闭上了眼睛。想象中的疼痛并没有传来，我睁眼看见那男人扣了几次扳机都没见子弹出来，一检查居然没子弹了。他低骂了一句，朝挟持我的两个男人挥了挥手，示意直接将我丢进海里一了百了。

他们两个人将我抬了起来，丢进海里。

我的世界一下子由青天白日变成了幽深的海底世界，鼻腔、嘴巴里瞬间灌满了海水。这时，一名少年跳进海里游向了我。

他一把揽住我的腰际，拖着我很吃力地想将我带出水面，可是我们已经沉下海面好几米，但他依然不放弃。我感受到来自他手腕和臂膀上的力量，有了一丝求生的意志，开始配合他。

就在我们俩上浮时，出现了一群鲨鱼。我的求生意志一下子又黯淡下去。

我很想对那名少年说：“你别管我了，自己逃吧。”

可是我无法开口说话，我自己要葬身在这海底，却还要无辜拖累一个人。

就在鲨鱼群渐渐逼近的时候，一块只容得下一人的浮木飘了过来。

少年很惊喜，拼尽全力将我送到浮木的背上。我与他脸贴着脸，看到他的右脸颊有一颗痣，然后便什么都记不清了。那颗痣，与少年模糊不清的脸，是我最后的记忆。

醒来之后我躺在沙滩上，几个人围着我，用担忧的眼神注视着我。我站了起来，却不见那名少年。

“那时候你的手被绳子磨破流了血，你自己没注意到。鲨鱼的嗅觉很灵敏，它们最喜欢血腥味。我的腿被鲨鱼咬断了，虽然得救，命保住了，这双腿却没了。自此以后我就再也没有出过古堡。我没想过会再次见到你，你居然出现在我家外面大喊大叫。”他望着我，缓缓地说。

这一切就像冥冥之中命运的指引。

他就是当日救我一命的少年。他的腿，是因为我才变成这样的。

我无比愧疚地望着郑寒，轻声道：“对不起。”

“不是你的错。你以后经常来陪陪我吧，我一个人很孤独，没有朋友，也不能去外面的世界。”

他的眼神里饱含期待，我不忍拒绝。

“好是好，可是你们家的管家……”我顿了顿，张嫂实在太可怕了。

郑寒轻笑：“她很忠心，已经守护我们家的家庭成员三代了，她也只是过分地保护我，不想我受到伤害。不过你放心，只要我跟她讲好，她以后就不会再为难你了。”

Chapter 3

时间不早了，在古堡收获巨大秘密了结心愿的我起身告辞，告辞前我答应郑寒以后会经常来陪他。

他转动轮椅跟着我，送我出门，目光一直跟随着我。我听着木质椅轮从地板上碾过的“吱呀”声，心痛异常。我没有回头，只是道了一句“拜拜”就匆匆离开了。

回到宿舍，我拎起水瓶想去水房打水，却发现热水瓶沉甸甸的，打开瓶塞，瓶里装满了热水。

王想想从外面回来，径直走到我跟前说：“水是我帮你打的，我想向你道歉。”

我没说话，打算倒一杯水喝，她却抢先我一步，夺走我的杯子，替我倒水。我的手还停在半空中，她便已经倒完了水。

我没喝，她又道：“我不该在那么多女生面前说你和郑星在一起的事情。我错了，所以向你道歉。所有女生都喜欢郑星，可只有你的喜欢被他重视了，我嫉妒而已。”

我抬头望着她，她的眼神没有躲闪，一直注视着我，倒像是真的在忏悔。

因为她的嫉妒，间接伤害到了莫司林。我不知道她的道歉还有何意义，又有何目的。我恨她，本不想再理会她，但还是心软了。

我叹了一口气：“你误会了，我没和他在一起，更不喜欢他。”

我转过身，没有再看她，不清楚她的眼神是质疑还是吃惊。

自从生日过后，郑星一直没有联系过我，我猜他应该是知道一切了。张嫂那么讨厌我，她一定会迫不及待地把我跟郑寒的事告诉他，他一定很生气。我偷看了他的手机，是我不对，所以现在该换我道歉了。

“嘟嘟嘟——”

“嘟嘟嘟——”

我躲在角落里给他打电话，连续打了好几遍也没人接。

我打开电脑，在QQ上给郑星留言，可等了很久，等到茶水都凉了，郑星的头像依旧是灰白一片。

我抱着双膝缩在椅子里，很久之后，悠长地叹出一口气。

过了一会儿，其他女孩也回来了，她们很兴奋，一直在讨论着什么。其中一个女孩看到我，蓦地拍了下我的肩膀，神秘兮兮地问：“你是不是跟郑星闹矛盾了？”

我心里一惊，下意识地反问：“你怎么知道？”难道我跟他之间的事情已经路人皆知了？郑星没那么大嘴巴吧？

女孩凑近我说："周末的联谊舞会，郑星居然宣布参加耶。你不是他女朋友吗？他怎么还会去？"

我猛地抬头，发现室友脸上全然不是关切，而是一副看好戏的表情，我心里顿时跟吃了苍蝇一样。

我从椅子上起立，一把夺过室友手中的宣传页，瞄了一眼。

"11月15日，宴会厅。我和郑星约好了在那里见，不可以吗？真是咸吃萝卜淡操心。"说完我头也不回地走出宿舍。

11月15日晚上，我在宿舍里翻腾了很久，也没有翻出一件像样的可以去参加联谊的衣服，除了那条红裙子。我在床前伫立了很久，最后还是换上了那条红裙子，义无反顾地奔向宴会厅。

学校里应该没人比我穿得还"一枝独秀"，大冬天一身艳红的长裙，外面披了一件灰蒙蒙的羽绒服，光着小腿在小路上狂奔。

宴会厅内的温度跟室外对比简直就是冰火两重天。一眼望去，女孩们都打扮得花枝招展，不管平时什么样，此刻都优雅地端着高脚杯，轻声交谈。一刹那，我以为自己来参加的是名媛聚会。

我把羽绒服脱了，对着镜子将头发整理了一下就开始在人群中寻找郑星的身影。

他并不难找，高挑儿的个子，钢琴家的气质，随便往哪儿一站都是风景。

此刻郑星正倚在一架三角钢琴旁，看着调音师调音，周边围着一圈女生，看来他今晚打算大显身手。

我从人群中穿过去，走到他身边，喊他："郑星。"

他眼皮抬了抬，目光却掠过我走开。我跟在他后面，一直跟到取餐处。

郑星端了一个盘子，想为自己挑选一些甜点，我看到他手中的夹子伸向提拉米苏，赶紧眼疾手快地夹了一块，讨好地要放在他盘中。谁知他竟然将盘子移了移，再一次无视了我。我的手就这么悬在半空中，异常尴尬，脸上火辣辣的，像被无形之中抽了一记耳光。

大家交谈了一阵儿，也纷纷填饱了肚子。随着灯光暗下来，主持人上台，宣布今夜的舞会正式开始。

有男生走向我，绅士地单膝下跪，邀请我做他的舞伴。我却不声不响地走向郑星，哪怕脸皮厚得变成茧，我今天也要道歉。

我还未走到他身边，他便在大家的掌声里走到缩在角落的王想想面前，微笑着朝她伸出手："可以和我一起跳舞吗？"

王想想不可思议地看着郑星，一脸受宠若惊的表情。

所有人的目光都分成了两拨，一拨用艳羡的眼神看着王想想，另一拨用同情的眼神看着我。

我的勇气之火被郑星这瓢透心凉的冷水浇得瞬间熄灭。

舞会终于结束，郑星松开王想想，一个人往卫生间走去。

我跟着他到了男厕所门口。

他出来时，我伸出双手拦住他，他停下脚步望着我，面无表情。

“对不起。”我赶紧低头认错。

“你做错什么了要跟我说对不起？”郑星的声音更是平淡得没有起伏。

近距离地看着他，他似乎没有我想象中那么生气。

“我没经过你同意就翻看了你的手机，我还……”我的话还未说完，郑星就连连摇手打断。

“既然你见到我哥哥了，我的任务就完成了。我们撇清关系不是很好？”

郑星的一句话便把我的口堵死，我接下来说任何话都失去了意义。

第四章

原来我是局外人

Chapter 1

自从那晚的联谊舞会后，我在所有女生的眼里就变成了一个被抛弃的可怜人，她们从最初的嘲讽到后来的怜悯再到最后的淡然。多亏这场闹剧，我的人缘在跌落到谷底的时候开始有了起色，终于有女生主动找我玩儿了。

如今，她们孤立的对象变成了王想想。女孩子和女孩子之间建立友谊很快，只需要有一个共同排斥的目标。我有些同情王想想，因为自从那次舞会过后，我再也没看到过郑星找她，没课的时候，她几乎就是一个人坐在窗边发呆。

下午没课，我收拾了一下自己，打算去找郑寒。

我如今对那座古堡早已轻车熟路，就算闭着眼睛也能绕过那些曲折的路，踩过树丛和灌木，抵达目的地。

郑寒坐在自己房间的落地窗边，张嫂给他的膝盖披了一件红白格子相间的薄毯。“就算冷，也没有知觉的。”他笑了笑，淡淡地说。

我的心一下子又揪了起来。

张嫂退下后，偌大的房间里只剩下了我和他。

“你去书架前找一本书读给我听好吗？”郑寒突然望着我说。

他的眼睛在阳光的照耀下，仿佛一片碧蓝的汪洋。

“好。”我没有问他为什么不自己看，而是他说什么我便应什么，只有这样才能平复一些我心中的愧疚感。

他房间的木质书架上整整齐齐地摆放了许多书，我手指轻轻拂过那些书的书脊，佩服郑寒看外国名著只看原文，转念一想，他是混血儿，能看懂全英文的书也没什么稀奇。我手指尖停在一本书上，将它拿出来，是一本《安徒生童话》，他的书架上居然有这个。

“就那本吧，读一篇童话给我听，好吗？”他看到了我手中的书，开口说道。

“好。”我踌躇了一下，便拿着厚厚的一本童话书走到他面前坐下。

阳光洒下来，我信手翻开的那一页故事里夹着一张书签，这个故事的名字叫作《牧羊女和扫烟囱的人》。

我断断续续读完这个故事的时候，一抬头，发现郑寒一直在认真地凝视着我。

“我……我读完了。”我结结巴巴地说。

郑寒没说话，我们俩就这么沉默地对视着，直到一个女人推门而入。

我见过她，我去古堡探望生病的郑星的那个晚上，郑星告诉过我她是他的继母，也是郑寒的继母。

只见郑寒朝她微微点了点头，径直唤她："Marry，你来了。"

我心里有些吃惊，即便不是亲生的，即便大不了几岁，也不适合直呼其名吧，郑寒看上去不像那么没有礼貌的人。Marry似乎也习惯了郑寒这么叫她，并没有流露出任何不满，她将手中的碗放在桌上，笑着嘱咐了一句："记得喝完。"

她朝我笑了笑，便转身离开。

我感觉得到，他们之间的关系客气而疏离。

碗的上方升腾着热气和苦涩的气息，这是一碗药。

那日郑星不让我跟着Marry，是不想让我知道她是送药来给郑寒。

屋内再次剩下我们两个，我将药碗端给郑寒。郑寒一口气全部喝下。我接过空碗，看到他眉头微微蹙了蹙，想必这药汁很苦。仅仅过了一秒，他的神态便恢复如常。

"今天太阳这样好，你推我去院子里走走好吗？"他问我。

"当然好。"我说着就走到他身后，推着轮椅，走出房门，绕过长长的走廊，到达院子里。

即便是冬天，郑家的院子里也不是一片凋零，墙角的几株梅花吐露着芬芳。

我们坐在游泳池旁，斜对着门栅。

我笑着指着大门对郑寒说："我当初就是躲在门那边看你吹口琴的，那天的天气也像今天这么好。"

"你要是愿意听，我以后可以经常吹给你听。"郑寒接过我的话。

"真的？"我特别高兴。

郑寒点点头。

我歪着脑袋问："我一直忘记问你，你吹的曲子叫什么名字？真的很好听。"

"没有名字，就是自己随便写的曲子。"郑寒回答得云淡风轻，却让我又惊又喜。

"这么好听的曲子居然是你自己写的？你会写曲子？天哪，郑星钢琴弹得那么好，你会作曲，你们郑家的音乐细胞太发达了吧！"

郑寒望着手舞足蹈的我，唇角却始终抿着淡淡的笑。

郑星和郑寒这对兄弟性格不同。郑星随和，能与人相处融洽，眼底却常年结着一层寒冰。郑寒初识时很难接触，但慢慢熟悉之后，会发现他是一个会给人带来温暖的人。

我热情地对郑寒说："你为什么不出去看看外面的世界？我推你出去走走好不好？我们可以下山去海边玩。"

郑寒张口正打算回我，目光却越过我望向身后。

我随着他的目光回头，看到张嫂正朝这边疾步走来，神色有些着急。

“少爷，我有事情跟你说。”

得到郑寒的默许，她便推着郑寒的轮椅走到离我挺远的地方。

我能看到他们在窃窃私语，甚至能看到他们二人脸上的表情变化，却又听不到他们究竟在说什么。那一刻我醒悟过来，张嫂是故意的。

我站在那里，这一刻才惊觉，从头至尾我都是个局外人。

过了一会儿，郑寒回到我身边，他的表情不似刚才闲逸，虽然依旧淡淡的，但有种努力粉饰过的太平。

“你先回去，这段时间也都不要过来了。我把我的手机号码告诉你，不要打电话，有事我们短信联系。”他说。

我心里有些不是滋味，但没有问他为什么，只知道他一定有他不可说的理由。

我僵硬地点了点头，余光瞥到张嫂脸上出现的一丝若有若无的嘲讽。

Chapter 2

次日，我坐在付教授的课堂上，却无心听讲。

付教授的一副老花镜架在鼻梁上，他只要一低头，镜框就会下滑。他喊我名字的时候，我正望着墙角的一只蜘蛛出神。

“哎？”我紧张地站了起来，那一刹那，感觉像回到了高中时期。

付教授扶了扶镜框，有些无奈地望了望我，然后指了指窗外。

我扭头望去，竟然是爸爸。

我赶紧从后门溜了出去，拉着他的手走去隔壁空教室时，发现他的手冰凉。不知道他在门外究竟站了多久。

“你的手怎么这么冷？”我停下问他。

他还是那副招牌式的老好人微笑，干巴巴地回道：“天气冷了，你妈给你收拾了一些冬衣，我怕你着凉，所以坐晚班车赶来了。”

说着，他扬了扬手上拎着的大袋子，鼓鼓的。

眼睛涩涩的，好像有液体要流出，我拼命忍住。

“你寄个快递就好，干吗还自己跑过来？”我装作很不领情的模样。

“我就是想你了，傻姑娘。”他揉了揉我的头发。那一刻，我好不容易忍住的眼泪决堤了。

“你什么时候回去？”我又问他。

“下午三点多的火车。”他回。

“那我和你一起吃个午饭。”我抽抽嗒嗒地说。

“我也是这么想的。”他始终用温暖的目光注视着我。

我回宿舍换衣服的时候，看到王想想依旧呆呆地望着窗外。我这些天每次看到她的时候，她都是这副姿态。

我心下一软，喊了她一声：“你要不要和我一起去吃饭？”

她很快回我：“好呀。”

说着她就利索地起身，表情愉悦地跟着我走出了校园。

爸爸就站在校门外等我，看到我还带了一个人时，愣了那么一秒，随后又笑着望向王想想：“你是小晴的同学吧？”

“叔叔好。”王想想低了低头，很有礼貌。

我们三个人去了离学校不远的一家的小餐馆，我做主，点了一桌海鲜。由于海角是海滨城市，所以大街小巷到处都有海鲜吃。但我的家乡是一座内陆城市，海鲜卖得很贵，所以我带爸爸来吃海鲜。

我们吃吃喝喝，直到下午一点多才完。

我爸要结账，我拦住他："今天我请客。"

爸爸笑眯眯地看着我从口袋里掏钱，豪爽地拍在桌子上。

我和王想想回学校，他就此离开。

一路上，我感觉胸口闷闷的，不知道是不是不舍的情绪在作怪。

王想想突然来了一句："我真羡慕你有这样好的爸爸。"

"你爸爸对你不好？"我挑眉反问她。

她低着头怅然若失道："我小的时候爸爸就去世了。"

我愣了愣，说："我也是啊。"

她很惊讶地望着我，我耸了耸肩："你看见的是我的继父。"

这下轮到她沉默了。

不知不觉，我们俩已经走到了宿舍楼下。我才惊觉，这一路上，自从因为"爸爸"这个话题打开了话匣子后，我絮絮叨叨地说了很多，倾诉的对象居然是前段时间还被我当成仇人看待的王想想。大概是这个话题压抑在我内心太久太深，压得我难受，我必须找人倾诉，不管那人是谁。

回到宿舍，我打开爸爸递给我的包裹。

里面是一件件叠得整整齐齐的冬衣，细细一嗅还有洗衣液的香气。沿海城市的冬天不算冷，所以我从衣柜里拿出衣架，打算将这些衣服先挂起来。突然我摸到一件棉衣的口袋里硬硬的，心想一定是粗心的妈妈洗衣服时又忘记取出口袋里的东西了。

我将衣服倒挂，口袋里掉出的东西让我整个人怔在原地，动弹不得。

那是一沓一沓用皮筋扎好的钱币，有一百的，有五十的，也有十块的，甚至有一元或五角的。数额不大，却压得整整齐齐，连一丝褶皱都没有。

我很震撼。在家里，妈妈是一家之主，掌管着全家的财务。她对自己节省，对我也是，所以不可能给我多的零花钱。

这些钱，很明显是爸爸好不容易存下的私房钱。也许是他买菜时跟小贩讨价还价省下的零钱，也许是他偶尔写写豆腐块文章赚来的稿费。他把这些来之不易的钱都偷偷塞进衣服里给了我。

我一通电话打了过去，爸爸很快接了起来，但他那边的环境很嘈杂，他应该在火车站候车。

“那些钱是你偷偷塞进我口袋里的吧？”我开门见山地问。

“嗯。”他倒是回得很坦然。

“你拿回去。”他对我的好，我一直感觉别扭，所以毫不犹豫地想往外推。

“怎么拿回去啊？傻姑娘，别辜负我的一番心意，对自己好一些。想吃什么就吃，想买什么就买。”爸爸笑了，语气很轻松。

我哭了，我并不是一个喜欢哭的人，但这个我一直很抗拒的继父总是让我哭。

我一直不太明白，我不是他的亲生女儿，他何苦掏心掏肺地对我？他对我的感情究竟是因为喜欢妈妈，所以爱屋及乌，还是另有其原因？

Chapter 3

我刚挂上电话，一个室友拍了拍我的肩膀："徐晴，楼下有人找你。"

我回头使劲擦干眼泪，室友用惊奇的眼神扫视了我一眼，想说什么，又最终什么都没说，就默然走开做自己的事情去了。

我"咚咚咚"下楼，看见女生宿舍楼下站着一个陌生的男生，可他牵着的狗我很熟悉，是莫贝贝。

贝贝看见我，激动地直朝我吠。

"汪汪，汪汪——"

男生松开绳子，贝贝直接扑进我怀里，用舌头舔了舔我的脸颊。

那温热又湿漉漉的触感让我的心情好了一些。

"司林走了之后，我一直养着贝贝。我家就是海角的，可是它老是不听话，喂它东西也吃得到处都是，可能是太思念旧主人了吧。我爸妈不许我再养了。司林没什么朋友，听说他以前和你关系最好了，那贝贝就交由你养吧。"男生道明了来龙去脉。

"嗯，你放心，我一定会照顾好贝贝的。"我对男生保证。

我想将贝贝抱起来，手才托起它的腿，它整个身子便一跳，攀上了我的肩膀。虽然它体积庞大，但由于我以前也抱过它，所以还是明显感觉它轻了，心中不禁有些酸涩。

刚抱到宿舍楼下，看到宿管阿姨阴沉的脸，我突然惊醒，学校宿舍明文规定不允许养宠物。

我脑海中浮现出贝贝在后山灌木丛中独自欢快嬉戏的模样。

对了，郑寒家是可以养狗的，他们家有前院，还有后花园。有贝贝陪他，他或许不会那么寂寞。

于是，我发短信给郑寒，可是短信发出去好久，他也没有回复我。

我想打电话，可是脑海中又想起他的话，他让我最近不要打给他。

无奈之下，我又硬着头皮发短信给郑星。虽然我们俩关系现在很糟糕，但是郑星应该会管贝贝的，毕竟贝贝的主人是出走的莫扎特。

果然在我发完短信给郑星后，很快就收到了他的回信。

他在短信里说："你现在就可以来我们家。"

我拍了拍贝贝的头，轻松地说："走，带你去看你的新主人。"

我打了一辆车，坐在车的后座上，不断安抚情绪有些躁动的贝贝，它太缺乏安全感了。

“贝贝，你要听话。你的新家很宽敞、很漂亮，但是有个很凶的女人，所以你要注意，不要弄脏新家。万一弄脏的话，也不要害怕，有两位帅哥哥会护着你的。”我耐心地捋着它的毛，它在我轻柔的动作下逐渐安静下来，似乎听懂了我的话一般。

一下车，我还在结账，贝贝就冲劲十足地往山上跑，原来它记得这里。

“贝贝，等等我，慢点儿！”我边喊它边追着它跑。

很快，我们就站在了熟悉的铁门前。

可是今日的古堡气氛有些不同寻常，我又说不清楚究竟是哪里不寻常。

Chapter 4

我壮着胆子按响了门铃。

我突然发现虽然来了古堡好几次，这却是我第一次按门铃。

连续按了几次，终于有人在可视对讲机里看了我一眼，又迅速挂断。我呆呆地站在门口，心里顿时有了些不好的感觉。

贝贝又开始焦躁起来，不停地围着我叫。

我蹲下来抚慰它，直到听到脚步声一声声传来，越来越近。

我一抬头看见好几日未见的郑星双手插在棉衣口袋里，表情淡漠地向我走来。

“你来了。”他给我开门，说话的语气淡淡的。

“嗯，你们家好安静。”我说。

郑星头也不抬地回道：“不一直这样吗？”

他走得很快，我只有牵着贝贝努力跟上去，走了不一会儿，就气喘吁吁了。

“我的意思，我的意思是，我按了好久的门铃都没人理我，一路上也都没看到你家的仆人，甚至张嫂都……”

“你想看到她？”郑星突然停住脚步。

我猝不及防，一个重心不稳，险些撞到他身上。

“不，不是啊。”我尴尬地否认道。

我怎么会想见到那个可怕的老女人？我避她都来不及呢。

郑星没再说话，朝屋子的大门走去。

突然，郑星的手机响了起来，他接起，只是听了几句便匆匆挂断后回头。

“今天家里有人，你在这里等我一下。”他对我说道。

“好。”我点头。

他迈进屋内后，我便带着贝贝立在门前。冬日午后的暖阳照得我昏昏欲睡，就连贝贝也乖巧地趴在地上，小眼睛眯了眯，安详地闭上，似乎进入了睡眠。

突然，门打开。

我一个激灵清醒了，以为是郑星回来了，谁知道居然看到了好几个金发碧眼的外国人。为首的中年男人是唯一的一个中国人，五官俊朗，身材挺拔，但身上带着一股浓重的戾气。

他看了我一眼，便转过头接着和他身边的人用英文聊着，逐渐走远。

我望着他的背影，记忆排山倒海而来。

我认出他了，就算时间过了很久，就算他的容貌有了些许变化，就算他和我对视的时间很短，我还是可以在那个瞬间一眼认出他。

他曾经派人将我绑架，命人将我从甲板上丢进海里。

Chapter 5

记忆中的海水再一次汹涌袭来，淹没过我的腰、我的胸部，再接着是鼻腔，我感觉自己快窒息了。

我站在原地，瑟瑟发抖，直到郑星出现，把我从回忆中拉出来，我才好过了一些。

“你进来吧。”

我像个木头人一样跟在郑星身后，却在前脚刚跨进门的时候被郑星拦住。

“等一下，狗不能进来。”

他的语气生硬，我抬头刚想说点儿什么，他的表情和语气却在一瞬间又柔软下来。

“我不是嫌弃它，而是郑寒有轻微的哮喘，萨摩耶的毛太长又容易掉得满地都是，我们家是禁止养宠物的。”他望着贝贝，有些为难地解释道。

我回想来郑家几次，确实没看到一只带毛的宠物。郑寒体弱多病，我想起了Marry送过来的那碗汤药，黑黑的、稠稠的，散发着无尽的苦涩。

只见郑星牵着贝贝走到庭院里，将它拴在一棵树下。不知道是不是但凡是狗，都喜欢在树下刨洞，贝贝没有不适应，反而自己玩得很开心。我却浑身僵硬，脑海中依旧充斥着那张阴沉的脸。

“好了，我们进去吧。”郑星又一次拉开门，我跟在他身后。

郑家屋里的地板上都铺上了波斯地毯，这种毯子由手工编制，不会让患哮喘的人有任何不适。走在上面，感觉柔软。

我顿时觉得周围一片死寂。

“郑星。”我喊住他。

“嗯？”他依旧是双手插口袋的姿势。

“你们家来的客人，就是那几个外国人吗？他们和你们家是什么关系？”我问道，一阵阵地心悸，那种不安的感觉越来越重。

“你撞见他们了？为首的那个是我爸爸，其他的人是他的属下。爸爸不喜欢陌生人进我们家，不过你是郑寒的朋友，也是我的朋友，回头我跟他说说就没事了。”郑星挑了挑眉毛，说得云淡风轻。

“你先到郑寒房中坐坐，他应该会很欢迎你的到来。”郑星朝我伸出了手，他的眼神看起来很真诚，可我陡然倒退了一步。

我终于明白为什么那年我出事的那天，郑寒会刚好出现在那艘船上。我早就应该想到的，我当时为什么没想到？

我一步一步地往后退，不断地朝郑星摇头冷笑。

郑星脸上的表情始终淡淡的，既不好奇也不吃惊。

我就这么和他对望着，空气里似乎沉积了某种躁动因子，一点即燃。

郑寒不知道什么时候出现在了我身后，我听见轮椅碾过地毯的声音便知是他。他双手扶着椅轮，手背青筋暴突。

"徐晴，我不是让你不要来吗？"他的语气冷冷的，似乎强压着怒意。

"如果我不来，你打算欺骗我多久呢？"我嘲讽地笑着。

虽然他曾经救我一命，虽然他是为了我才变成如今这样，要坐在轮椅上度过余生。可我爸爸，我自小引以为豪的亲生父亲，是被他的父亲杀死的。这叫我怎么能接受？

郑寒眉梢一挑，望向站在楼梯上的郑星。

郑星一手插口袋，一手搭在楼梯的扶手上，整个人看起来慵懒无比，脸上更是毫无表情，好像整件事跟他没有任何关系。

"徐晴，你上楼。"郑寒对我说。

他用命令式的严厉语气对我说话，他从不曾这样过，此时此刻的我也不可能听他安排，我就站在那里，一动不动。

就在这时，隐隐约约有英文的对话声传来，随后大门便被打开。

郑星的爸爸和那几位外国人回来了。他们几个看到我们三个人，眼中闪过微微的讶异，又很快恢复了平静。

郑父迈着步子走过来，指着我，问他的两个儿子："这是谁？"

记忆里，他一直是讲英文的，原来他说中文也十分流利。

我对他抗拒又害怕，所以在郑寒再一次对我说"你上楼吧"时，我毫不犹豫地踏上楼梯。

耳后传来他们简短的对话。

"你们还没告诉我，那个女孩子是谁。"

"是同学。"这是郑星的声音。

我走进二楼郑寒的房间，关上门，身体紧贴在门上，脚底一软，整个人便滑倒在地上，浑身都失去了力气。

第五章

你是未完待续的谜

Chapter 1

郑寒进入房间，轻声对我说："既然来了，晚上就留下来和我们一起吃晚餐吧，回头让郑星送你回校。"

我受不了他的轻描淡写，冲他吼道："你凭什么觉得我会留在你家吃饭？"

郑寒愣了一下，淡淡地回道："是郑星这么向爸爸建议的，如果你这个时候不表现得自然大方一些的话，爸爸就会起疑心，那你就会有危险，到时候我也许没法再救你一次了。"

说完这些，他便将轮椅转向书架，从书架上抽了一本书摊在膝上，似乎一转眼就沉浸在书中的世界，不再理会我。

我转身就拉开他房间的门，想回去，却在下楼的时候撞上了上楼的郑星。

"过会儿就吃饭了，你去哪里？"郑星问我。

"我要回去。"我说。

"爸爸和几位叔叔伯伯还在楼下谈事，都说了你留下来吃饭，现在走不是很奇怪？"他微微抬了抬眉。

"我觉得你才很奇怪。"我语气很冲地回戗他。

是他要我今天送贝贝过来，是他要留我吃饭，我会撞见他爸爸，将糟糕的过去一下子拉到眼前，都拜他所赐。从一开始到现在，他对我的态度从暧昧不明到冷淡再到关切，我越来越觉得他是故意的。

他为什么要这么做？

我不想再去想，可是又抑制不住自己的思想。我痛苦得快疯掉了，一转身，又"咚咚咚"地上楼，走进郑寒的房间。

郑寒依旧坐在窗前看书。

这个场景似曾相识。不久前我坐在他面前，和他一起沐浴在阳光下，读童话故事给他听。可现在他一个人坐在阳光里，留我一个人站在阴影中。

不知不觉就到了用餐的时候，郑家的用人在一楼的空地上拼起了长桌，上面铺了一层洁白的布，布上又摆放了两个花瓶，花瓶里的玫瑰娇艳欲滴，落到我眼里却那么刺眼。

我被安排坐在郑星和郑寒中间，一盘一盘冷餐与热食端上来，摆了满满一桌。

我一只手拿着筷子，一只手拿着刀，将这个姿势维持了数秒。

一直在跟他人用英文聊天的郑父望了我一眼，突兀地问："你怎么不吃？东西不合你胃口吗？"

我低下头，牙齿死死咬着下嘴唇。

Marry突然夹了一块鸡肉到我盘中，嫣然一笑，用嗔怪的语气道："Kellen，你把人家小姑娘吓着了。"

原来他叫Kellen。

我抬头看他，他也微微打量了我几眼，眼底似乎藏着千年不融的寒冰，接着他又转过头和别人说话去了。

盘中的鸡肉已经冷了，我依旧一口都吃不下去。

我怎么能跟杀父仇人坐在一起吃饭？我怎么可以和他一起吃饭？手放在餐桌下，愤恨地握成拳头，可是就像郑氏兄弟说的，我怕Kellen看出异常，怕他看着我的脸，想起我就是当年被扔下船的小女孩。我恨他，更怕他。

终于，晚餐结束。

Kellen接了个电话便和他身边的人上了楼，我没和任何人打招呼，抬脚就出了门。

郑寒迅速转动着轮椅，在我身后边追边喊："你去哪里？天黑了，你先等一下。"

我没理会他，径直往外跑。寒夜的风刮过脸颊，刺得脸生疼，只听身后郑寒说："你跑得太快，我没法去追你。"

我停住了脚步，回头看他，他就坐在屋前，凛冽的风将他的碎发吹乱。

我离他不远不近，从他细碎的发间看进他的眼睛里，是说不出的凄冷。

我还是走了，郑星跑出来要送我回去，被我拒绝了。

冬季天黑得格外早，我吸着冷气，直往山下有灯火的地方跑，因为跑得太急，衣服被树枝钩破。我停下来，摸到干枯冰凉的枝丫，顿时感觉无比凄凉。

Chapter 2

这件事后，我没有再联系过郑氏兄弟，他们也没有联系过我。

我生病了，总是在半梦半醒中，看到那片汹涌的汪洋。汪洋之上漂着船，船的甲板上，一群外国人围着我的亲生父亲。枪声响起，父亲倒在血泊中。这样的场景不断在我眼前重复。

我发起了高烧，王想想替我去医务室拿了退烧药，我吃了一粒，然后便沉沉睡去。

第二天一早，被子里和身上全是汗。

我去卫生间里洗了澡出来后，稍稍恢复了精神，看见几个女生正在收拾箱包，才突然想起，没几天便要放寒假了。

放假回家的那一天，天公不作美。雨不大，却绵绵不绝。我不耐烦地在雨幕里走来走去，鞋子里湿漉漉的，终于在同一批下火车的人都走得差不多时，听见了爸爸的电瓶车鸣笛的刺耳响声。

“抱歉，来晚了。”他一面道歉，一面将雨衣递给我。

我套上雨衣，坐在他电瓶车的后座上，默不作声。车子经过一处比较陡的路时，我死死地抓住后座前的一道杠，也不肯搂着他的腰或抓住他的衣服。

“你今天到底是因为什么来晚了？你平时从来不迟到的。”我还是忍不住嘟囔道。

“接小恺去了。”他回我。

我怔了好一会儿，才反应过来他口中的“小恺”是谁。

“我想跟你商量件事儿。”他又说。

“什么？”

“这些年，我亏欠小恺很多，我已经和你妈妈商量好了，今年想接小恺来我们家过年，你觉得好不好？”他用很客气的语气跟我商量。

小恺是他的亲生儿子，他妻子去世之后，过了一段时间他就和我妈妈在一起了，因为顾及我妈妈的感受，他一直将小恺寄养在奶奶家。

“你都接过来了，还问我做什么。”我闷闷地回他。

终于回到家，即便有雨衣，我还是浑身湿透了。

妈妈拉我到房间，给我拿好换洗的衣服。我抱着那堆散发着熟悉皂香的衣服，抑郁了好久的心情突然转晴。

洗了个澡，我从浴室出来，闻到一股菜香，走进厨房看到妈妈系着围裙一个人在厨房做菜，平日里对老婆关爱有加的爸爸却不知去哪儿了。

我蹑手蹑脚走上去，一下子搂住妈妈的腰，把脸蹭在她的后背上。

她不用回头也知道是我，忙耸动肩膀：“你快走开，刚洗完澡，这里都是油烟！”

“不要，就不要。”我不肯松手。

她的语气一下子柔软下来：“都多大了，还撒娇，羞不羞？”

我好想她，可是我说不出口。

等妈妈已经炒完四五道菜端上桌时，爸爸才回来，他领着一个面容清秀、十分拘谨的男孩子。

我看了他一眼，印象中，是第二次见他。

依稀记得有一年春节，屋外飘着大雪。我和爸爸妈妈坐在桌前边吃饭边看电视节目。突然，我听到雪地上的脚步声，一下一下，虽然轻微，但绝对没听错。

我走到窗边往下看，居然对上了一双惊慌又可怜的眼睛。一个小男孩，和我一般大的年纪，正踩着厚厚的积雪，拼命攀爬我家的窗户。

我迎着风雪跑出去，他看到我出来了，吓得赶紧转身就溜，但没走几步就摔倒在雪中。我扶他起来，他不敢看我，身体微微发抖，不知是害怕，还是太冷。

“你刚才趴在我家窗台上看什么？”我问他。

“我……我……”他支支吾吾。

“你不会是小偷吧？”我扶他的手顿时一紧。

“不是，不是，我只是想我爸爸了……”他嗫嚅着。

我松开了他，一下子明白了他是谁。

从记忆中幡然醒来，眼前的男孩已经长得比我高一个头。他叫佟恺，穿着一身绿色的棉衣，身材瘦削，表情有些淡漠，看不出一丝喜气，似乎很不情愿来我家。

“来，小恺，快坐下吃饭，要不一会儿菜都凉了。”妈妈开始在碗边摆筷子，语气虽然很热情，但目光始终没有停留在佟恺身上超过一秒。

“冬天螃蟹很贵，多吃点儿。”妈妈从盘子中挑了一只个儿大的放进我碗里。

“醋呢？”爸爸突然问。

“哎呀，忘记买了。”妈妈拍腿道。

“来，小晴，你跟小恺一起出去买瓶醋回来，今天我们一家人好好聚聚。”爸爸左手揽住我的肩，右手揽住佟恺的后背。

佟恺别扭地闪躲了一下，而我僵硬在原地，一动不动。我知道爸爸的心思，他想让我和佟恺交流感情，增进关系，真正成为“一家人”，可他忘记了一点，血浓于水，没有血缘关系的两个人最多做朋友，这佟恺分明是连朋友也不愿跟我做。

出了门之后，他快步走在前面，我跟在后面，有时候我只有小跑着才能追上他的步伐。终于，我忍不住了：“佟恺，你慢点儿。”

他停下来，回头望我。

我气喘吁吁地跑到他跟前：“你等等我。”

他放慢了脚步，但依旧没跟我说半句话。

回家的路上，我和他肩并肩行走，他不时回头看看，眉头微蹙。

“怎么了？后面有什么？”我回头望着他刚才望的地方，空荡荡的一片。

“有人跟踪我们。”他开口说了第一句话，这句话却让我心里发毛。

“怎么可能？我怎么没察觉？”我一边嘴硬说着不可能，一边又害怕地朝他身边靠了靠。

他低头思索了片刻，眉头皱得更深了，很快又舒展开来，用安慰的语气跟我说：“可能是我的感觉出错了。”

我的警惕性在这时开始骤然提高，如果不是出现接下来的这件事的话，我会以为佟恺在故意吓唬我。

快走到家门口时，我从停靠在马路边上的一辆汽车的后视镜里看到一个人影，是一个陌生的男人，他双目里涌现着逼人的寒光。我再定睛一看，那个人影已然消失。

我愣在原地，恐惧感密密麻麻地蔓延至我的四肢百骸，这种恐惧感很熟悉——在做噩梦时，在撞见杀父仇人Kellen时。我的后脊开始发凉，直至佟恺拍了拍我的肩，我才从这种状态中略抽离。

“小晴，小恺，你们站在路边上干什么？菜都要凉了，快进屋吧。”

我看到爸爸站在屋外朝我们招手，我定了定心神，正打算过去，这时，一辆转弯的面包车像失去控制般直直地朝我们驶来。

说时迟那时快，爸爸猛地跑到路边，一把将我揽进怀里，撤到绿化带中。

车子在那一瞬间碾过去，转眼没了踪影。

我担心佟恺，抬眼一看，他的反应比我快，早就溜到了马路对面。与我隔着一条街道的他望着我，眼神有点儿悲凉。我这才反应过来，触电般地从爸爸怀里挣脱出来，低头说：“刚才谢谢你。”

爸爸的双手僵硬在空气里，随后失落地垂下来。他是不喜欢我对他说“谢谢”的，他总说：“一家人，总是说谢谢多见外。”可于我来说，他就是一个“外人”，我对他的称谓是“爸爸”，却很少当面这么叫他。

佟恺径直走回了屋子，我和爸爸落在后面。

我突然问他：“刚才汽车飞奔而来的一瞬间，你居然挡住我，不护自己的孩子？”

爸爸淡淡地回了一句：“他是男孩子。”

他的语气云淡风轻，似乎佟恺不是他的亲生儿子一般。我一直都能清晰地感觉到，他对我比对自己的孩子感情深，看佟恺的表情，虽然悲凉，却早已习惯。

Chapter 3

吃饭时，爸爸想让气氛活跃一些，两杯白酒下肚后，他提议我来唱首歌。

“小晴，爸爸记得你上小学时，经常上台表演节目，还是班上的文娱委员，来唱首歌吧，爸爸好久没听过你唱歌了。”

我把筷子插在米饭中央，一声不吭。平时我要这么做，妈妈一定会拍我的手，骂我几句，说这么做是不吉利的，但此时此刻，她没空管我。

只见她“呼啦”一抬手，重重地拍在爸爸肩上，喝道：“撒什么酒疯呢。”

气氛一下子凝固。

爸爸看了我们三个人一圈，自顾自“呵呵呵”笑了几声想缓解尴尬。

爸爸见我沉默不语，便说：“怎么了？不就是差点儿被一辆车撞了嘛，看把你们俩吓的。”又望向坐在对面的佟恺说，“小恺，你是男孩子，也被吓到了？”

佟恺怔了好久，才缓缓说：“这不是一场意外，像是预谋好的。”

见他将这事儿说了出来，我便也不藏着掖着，吞吞吐吐道：“我们被跟踪了，跟踪我们的是一个男人。”

“那个男人长什么样子？”爸爸似乎酒全醒了。

“脸圆圆的，大概这么高，这么胖。”我站起身，用手比画着。

爸爸和妈妈对视了一眼，彼此的表情都很怪异。

这顿饭大家都吃得索然无味。吃完饭后，佟恺坐在客厅的沙发上看电视，他抱着胸，目光一直与电视机平行，一动不动，思绪似乎早就飞到九重天之外了。

妈妈将碗筷收拾进厨房，爸爸也跟着走了进去。

厨房的门没关严实，留了一条缝隙，我按捺不住好奇心，便透过门缝偷窥。

他们的身影交叠在一起，说话声音很低，几乎是耳语，我隐隐约约听到了“病死”“应该是”“小舅子”几个关键词。

我在心底将这几个关键词串成了一个句子，忽然背后一凉。

入夜后，由于家里只有两间卧室，自然是我和妈妈睡，佟恺和爸爸睡。

我翻来覆去，时间一点一滴地过去，我不但没有睡意，飞速运转的大脑反而让我更加清醒。

妈妈背对着我，我无法确定她是否入眠，便小声地问了一声：“妈妈，睡了没？”

她很快转身，黑黝黝的瞳孔直视着我：“怎么了？”

原来她也一直没睡着。

“你们是不是知道些什么？”我问。

“知道什么？别胡思乱想的，睡你的觉。”妈妈轻轻点了点我的额头。

“我听见你们在厨房里的谈话了。”我幽幽道。

妈妈盯着我很久，然后长长叹了口气：“老佟的前妻是病死的，可是她弟弟总觉得她是被老佟害死的。老佟一名本本分分的老师，怎么会存这些心思呢？我和老佟都觉得，这次的事挺像那人报复的。你的描述也很像那人。”

妈妈口中的那人，就是佟恺的舅舅。我一次也没见过那人，所以无法确认这事儿的真假，只是有一点我想不明白。

“当时我和小恺在一起啊。”

“那小恺不是没事儿吗？目标是你啊，傻孩子。”妈妈这话接得很快。

她的毫不犹豫让我越来越相信那瞳孔里散发出逼人寒气的男人就是佟恺的舅舅。

“反正不管怎么说，你过年期间，要么跟我们在一起，要么就待在家里，哪里都别去，知道吗？”她道。

“嗯。”我有气无力地应了一声。

不知过了多久，我听见妈妈的呼吸声越来越重，想必她的心事说完了，就睡过去了，我却睡不着，只好起身披了一件棉衣，想去外面透透气。

一打开门，看到一团黑影缩在角落里，我吓了一跳，定睛一看，原来是佟恺。

“你半夜在外面干什么？爸爸知道会担心的……”

“他不在。”佟恺打断了我的话。

“他不在家能去哪儿？”我有些无法理解佟恺的话。

“说了不在就不在。”他不再理我，径直进了屋子。

我低估了自己的耐寒能力，在屋外站了不到三分钟，我就搓着手逃回了屋里。

Chapter 4

我不记得我是几点睡的，醒来时妈妈早就不在了。

我在床上打了个滚，嗅着熟悉的味道，感觉很安心。自从在海角上学以来，时间如果再追溯得久远一些，那就是自认识莫司林以来，或者自从亲生父亲去世，我遭遇绑架以来，我的生活一直处在一种水深火热与动荡不安之中。遇见了谁，离开了谁，兜兜转转之后，身边值得完全信任的人只剩下妈妈一个。

起床洗漱完毕后，我走到客厅，发现爸爸坐在沙发上，鼻青脸肿，一言不发。妈妈站在边上，小声地劝说着什么，见我走出来，便停止了说话。

不多时，佟恺也起床了，他穿过客厅，径自去厨房倒了一杯白开水，仰头喝尽，然后套上棉衣，打开大门，头也不回地说了一声："我出门了。"

门打开后，他却没有往外走，而是愣在原地。

门外站了几名穿着警服的男人，一辆警车占据了我家门口那不大的空地。

几名警察走进来，其中一名指着爸爸对其他人说："就是他。"

爸爸从沙发上站了起来，迎向那些警察，双手举起，说话的态度很冷静："是我主动打人的不错，但是事出有因，是那个家伙威胁我孩子的生命，我才想去教训他。"

"你胡说！我什么时候威胁你家孩子的生命了？"门外又进来一个中年男人，非常激动的样子。

"难道不是吗？你至今都觉得你姐姐的死跟我有关。你有什么事冲着我来就好，为什么要害我的家人？"爸爸也不再冷静，激动得满面通红。

我从未看过这样的爸爸，因为他在我和妈妈面前，始终是温和良善的，虽然我一度将那定义为"伪善"。

"家人，家人，叫得真是亲热。姐姐难道不是你曾经的家人吗？你又是怎么待她的？你敢摸着你的良心说，姐姐的死就跟你没有半点儿关系吗？放心，我跟你不一样，我是个有良心的人，即使我恨你，我也知道，他们是无辜的，我不会伤害他们，随你信不信。"男人手一指，险些戳到我脸上，我连连往后退了几步。

爸爸不擅长吵架，他憋得咬牙切齿，妈妈和警察都拉住他，怕他又冲动去打人。他最后望向我和佟恺说："你们来证明，是不是这个男人跟踪你们的。"

佟恺连连摇头。

我仔细辨认了一下，这个男人虽然看起来并非善茬，但绝对不是跟踪我的那一个。他周身所散发出来的是怒气，而非寒气。

于是我也摇头。

这下子，轮到爸爸诧异了。他瞪大眼睛，一副不可思议的模样。

“怎么样？你们家的孩子都说不是了，你还想打我吗？你来呀，你来呀。”那男人挑衅道。

我看到爸爸的手无力地垂下，他低声朝那男人说：“对不起。”

男人愣住，他没料到爸爸会这么快说这句话。

过了好一会儿，他才接道：“姐姐一定很想听到你对她说这句话。”

说完，男人有些失魂落魄地转身走出了我家。

这件事被当成了家庭纠纷来对待，那些警察也离开了我家。

佟恺很沉默，妈妈直接问他：“小晴没见过也就算了，难道你也没见过自己的舅舅吗？闹这么大一场误会。”

佟恺头一低，没人可以看清他脸上的神情：“都是你们一厢情愿，关我什么事，谁会听我在说什么。”说完这句话，他就出门了。

我怔怔地望着他有些落寞的背影。

爸爸抱着头，懊恼地说道：“不是他还会是谁？”

妈妈站在一边，回他：“难道你还得罪了其他人？”

爸爸抬头，两手一摊：“我怎么会？你也知道我的脾气的，我很少会得罪人。”

爸爸和妈妈陷入了一场冗长的沉默里。

这天的一切被当作闹剧一样收尾。自此以后，爸爸和妈妈限制我外出，害怕我再度遭遇意外，直至除夕来临。

Chapter 5

除夕夜，外面的大街小巷一派喜气景象，爆竹和升天的焰火都为这个团圆的节日增添色彩。而在我们家，爸爸边切菜边用余光打量妈妈的表情，一旦发现妈妈眉毛稍稍皱了皱，他就会立刻抢过妈妈手中正在做的事情。而妈妈也随他去，偶尔路过我和佟恺身边时，会抓一把糖果塞进我们口袋里。

他们都很想表现出一家人其乐融融的景象，可惜我和佟恺都不配合。

佟恺靠在窗边，神色淡漠地玩着手机游戏。我坐在椅子上，愣愣地看着他，想到那一年的冬天，他就是攀着这个窗子，想要见一见自己在这世上仅存的家人。

我不明白为什么爸爸对我那么有耐心，却对自己的亲生儿子那么冷漠，怎么看，这一切都不符合常理。当年的佟恺不能理解，可如今他对一切已释然，变得什么都不在乎，最起码看上去是这样。

突然我放在口袋里的手机开始振动，拿出来一看，连跳出两条短信。

一条是郑星的，另一条是王想想的。

他们俩发的是同一句话：新年快乐。像约好的一样，这两人可真有意思。

我回复了王想想，却直接忽略了郑星。我暂时不想与郑氏兄弟打交道，救命之恩无法报，杀父之仇报不了，我只想躲在家中享受这难能可贵的清静，不想再被卷入无谓的纷争中。

吃饭时，原本还与我们说说笑笑的爸爸突然捂着腹部，眉头皱成一团。

“你怎么了？”妈妈惊讶地站起身忙不迭地问。

“疼，肚子疼……”爸爸勉强说完这几个字，额头上渗出了一层密密麻麻的汗。

我和佟恺见情形不对，丢下了手里的东西，围到他身边。

“去医院！小晴，去打车。”妈妈边吩咐我边扶着爸爸急急往屋外走，佟恺先是一声不吭地跟在后面，随后看妈妈那么吃力的样子，便主动走上前蹲下身子道：“我来背他吧。”妈妈自然应允。

我跑到马路边拦了一辆出租车，三个人一起将爸爸送去了医院。

医生说爸爸是得了急性阑尾炎，需要即刻做手术摘除阑尾。

原本是一家团圆的夜里，爸爸被推进了手术室。佟恺跟着医生忙里忙外，妈妈边帮衬边支使我：“你回家去将我房间内抽屉里的存折拿出来，另外带两件厚衣服过来。”

我脑中一片混沌，听了妈妈的话，又冲回家，拿着她给的钥匙，打开了爸妈房间的门。我极少到他们房中去，因为潜意识里我感觉那是我的“禁地”。

他们的房间朝南，但窗户被窗帘捂得严严实实，月光一丝都渗透不进来。我打开灯，直奔桌子中央的抽屉。开了锁，原本只是想找到存折就立刻去医院，却不经意翻到一沓信件。

这沓信件由黄色的纸袋装着，叠得整整齐齐，看起来年代有些久远。

我拂去纸袋上的灰尘，抑制不住好奇心，小心翼翼地拆开了那一沓信件。如果时间可以倒退，我宁愿没有拆开过这些信件，没有看到过上面的内容。

昏暗的光线下，我一封封地阅览着。钥匙落在地上，我早已忘记自己回家来的任务。周边的空气安静得令人窒息，我不想相信那些信件上写的内容，可那些熟悉的字迹又不像是伪造的。

脚底像生了根似的，眼睛也无法移开。

将最后一封信看完，我似乎听见了一阵轻微的脚步声，回过头居然看到佟恺站在房门口，他看着我的眼神里透着悲凉。

我手中的信件全部掉落到地上，我颤抖着问：“其实你早就知道了是不是？”

他收起目光，不再看我，缓缓走过来，弯腰拾起地上的信件，一封封叠好，放回原处，然后面无表情地冲我说：“你妈不放心你，让我回来看看。拿了存折就赶快去医院吧，爸爸在手术中。”

我依旧是站在原地动弹不得，他便自己找到了存折，锁了抽屉，又关了灯。

我在黑暗中站了数秒后，也紧跟着佟恺回了医院。

医院虽然灯火通明，却不能带给人一丝温暖。此时此刻，有一股凉意正从我的脚底蔓延至心中。

妈妈无意间摸到我冰凉的手心，说道：“你的手怎么这么凉？快去喝杯热水。”

我甩开她的手，后退一步回道：“你那么关心我做什么？”

她愣了愣，走上前，用手摸摸我的额头，语气更加关切：“你到底怎么了？”

“妈，其实我不是你亲生的吧？”我心底一向藏不住秘密，一下就说了出来。

佟恺交完一切费用后，就站在离我们不远的地方，靠着墙懒懒地看着我们。他似乎想冷眼旁观知道真相的我会如何反应，会不会闹着闹着，就变得和他一样，麻木不仁。

妈妈再次愣住，这一愣，便愣了好久。她像想起了什么似的，一把抓住我的胳膊，表情强装镇定。可她的手有多用力，就代表了她的内心有多慌张。

“你是不是看了那些信？”她问。

“如果我不看，你打算瞒我多久呢？一辈子？”我冷嗤了一声，又连着后退几步，说着说着，眼泪居然落下来了。

这么多年，我一直引以为豪又极度依赖的妈妈居然不是我的亲生妈妈，而我一直冷漠以对、心理上排斥的爸爸居然是我的亲生爸爸。无论哪个八点档的电视剧一定都拍不出这样的剧情，我身在这样的剧情里，只想逃离。

“小晴啊，你先冷静，是这样的……”妈妈做了一个吞咽的动作，手伸向我，语气里满是无力。

就在这时，手术室的灯灭了。

被几名医护人员推出来的爸爸，因麻醉剂的作用还在持续，没有苏醒。我看着他的脸，突然想起填写志愿的那一晚，在梦里，他的脸曾和我因公殉职的父亲的脸重合在一起。我总算明白了那个梦的含义。原来上帝在很久以前就曾暗示过我，是我愚钝至今。

Chapter 6

我像个木头一样坐在爸爸的床边直到天亮。

爸爸醒来后看到在床边熬红双眼的我，朝我笑了笑，抬起还在输液的手，想摸摸我的脸，我却躲避开。我已经不知道该用什么样的表情、什么样的话语来回应他。

“那些信我都看到了。”开口说第一句话时，我发觉自己的声音已经嘶哑。

爸爸愣了愣，手无力地垂下来。我仿佛从他浑浊而苍凉的眼神里，看到了十八年前的那场变故。

那一年，他的妻子半夜生产，他将妻子送进医院后，自己回家拿先前便备好的洗护用品，回医院的路上因为着急就抄了一条近路。幽深的小巷内，他无意间撞见几个神色慌张的男人躲在暗处，似乎在做什么见不得人的交易。他正犹豫着自己是退出小巷还是若无其事地走过，那几个男人突然回过头来，他看到他们手上捏着一种圆形的物体，脚下摆放着几只纸箱子，里面似乎也装满这种物体。黑暗中，他似乎辨认出那圆形的物体是什么，于是吓得手中的盆“哐当”一声掉在地上。

他口干舌燥，心脏剧烈地跳动着，想逃开，却被几个男人迅速包围。前方一个黑黝黝的洞口对准自己，是一把枪。当看到对方的手指已经准备扣动扳机时，他认命地闭上眼睛。能逃到哪里去呢？跑得再快也没有子弹击穿脑袋的速度快。一切皆是命，那就认命吧。

想象中的痛并没有传来，他睁开眼睛，看到一位穿警服的男人举着枪走过来。

几个男人互望了一眼，迅速逃离现场。

那位警察救了他，两人因此相识。

他通过跟警察聊天才得知，警察的妻子居然和他的妻子在同一家医院生产。警察刚下班，在去医院的路上，感觉这边气氛不对就过来瞧瞧，恰好救了他一命。

两个人去了医院，他的妻子诞下一个女婴，而警察的妻子生下一个男婴。他抱着自己小小的、皱巴巴的女儿心疼不已，一回头，警察却不见了。

警察的妻子虚弱地躺在病床上，无力地笑笑：“他的工作就是这样，神龙见首不见尾，习惯就好。”

他望着病床上那个虽然虚弱但很坚强的女人，和自己的妻子很不一样，没由来地一阵心疼。

快天亮的时候，警察终于回来了，表情却很慌张。

他问警察：“你怎么了？”

警察看了看襁褓中自己的亲生儿子，眉头蹙紧，犹豫了一下，“扑通”朝他跪下。

他大吃一惊，赶紧扶起警察，心中明白这警察是有事情要托付给自己。

警察告诉他，自己其实是卧底，在调查一宗跨国重案。但他的身份已经被对方的成员察觉，身陷险境。自己死不足惜，但是害怕对方危害自己的家人。

“所以……”他迟疑着，从警察的眼神里似乎已经猜到了什么。

“所以，能不能麻烦你帮忙照顾我的儿子？”警察的眼神十分恳切。

“你的意思，是要……是要……”病房门外，他望着门内还躺在妻子怀里吃奶的女儿，有些不敢将心中的话说出口。

“那他们对我女儿不利怎么办？”他像下了某种决心，问了警察他最担心的问题。

“据我潜伏多年对他们的了解，他们做事虽然心狠手辣，但也不会滥杀无辜。那伙人知道我的孩子是一个男孩，所以不会对你女儿怎么样的。就算会，我发誓，我会以自己的性命去护她周全。”警察情急之下，竖起三根手指发誓。

他很为难，如果不是这位警察，他此刻早已殒命。可是另一边，那是他的亲骨肉，他怎么舍得让小小的她身处险境?

犹豫了很久，他心中的秤砣逐渐向大义倾斜，他最后还是同意了这个冒险的决议。

幸而妻子是剖腹产，到如今依旧在监护室里，没有见到孩子一面。他在自己的妻子睡着之后，与警察偷偷交换了襁褓中的婴儿。从那一刻起，啼哭不止的小女孩和睡得香甜的男孩的命运被交换了。

Chapter 7

“凭什么？凭什么你可以什么都不顾，只为了报恩，就做出这么大的决定！”我情绪失控地吼出这句话，吼完之后顿觉得胸口酸涩，眼泪“噼里啪啦”往下掉。

“当时很多事都是不得已，也没料到……”爸爸着急地想起身，动作幅度太大，触到了伤口，他疼得龇牙咧嘴。

“没料到我会看到那些信对吧？既然想要永远藏着这个秘密，那又何苦留着那些信呢？”我冷冷地接话。

那些信被收藏妥当，叠得整整齐齐，这些年以来，他们一定是害怕电话被窃听，所以才一直偷偷用信件交流。

我一下子什么都明白了。明白了爸爸为何对佟恺冷淡，对我却关切备至。当初爸爸下了决心之后，是想好好抚育佟恺，可因为我遭到了不测，他觉得那位警察没有履行自己的诺言，不但没有保护好我，连自己的命都丢了，于是开始对佟恺横眉冷对。

佟恺是从几岁知道这个秘密的呢？我无从得知。当初的两位妈妈醒来看到孩子被掉包后如何接受这个事实的，我也无从得知。

妈妈简直就是一名完美的演员，这么多年，她没有露出一丝破绽。对我亲近，对佟恺疏离，这些都让我心安理得地以为，我所在的位置就是我本来应该在的位置。

妈妈从病房外进来，手里拎着一个保温瓶，她看到我，刚想说点儿什么，我却一把推开她，朝外面奔去。

佟恺倚靠在墙上，看着我眼泪汪汪地从爸爸的病房中跑出来，唇角微微扬了扬，似笑非笑，那眼神像在嘲讽我，又像在怜悯我。

我跑出医院，他跟在我后面。

我跑到医院的小花园里，一屁股坐在台阶上。佟恺站在我背后，用脚轻轻碰了碰我的腰，问道：“你现在是不是特别不想面对他们？”

我没说话，不承认也不否认，但佟恺一眼就看穿了我。他在我旁边坐了下来，抬手在我眼前晃了晃，淡淡地说：“你现在的感受，我几年前就尝过了，也没什么。人生吗，如果完全按照自己的想法发展，那就不是人生了。”

我停止流泪，回过头看他。明明比我还晚出生一会儿，却懂事得像个大人。也没听说他的成绩有多好，却随口就能说出哲理一样的句子。

他望着我又道：“知道我以前不想回家时去哪里吗？”

“哪里？”我问。

他从口袋里掏出一把钥匙，那把钥匙上挂着一根年代久远的绳子，脏兮兮的，中间一截磨得快断了，被打了一个结。

“我可以把我的秘密基地借给你。”他居然朝我微笑了一下，然后将钥匙塞进我的手中。

我愣愣地看着他，手中的钥匙冰凉。

他的口袋就像个百宝箱，他从中掏出了钥匙，也掏出了纸和笔。佟恺“唰唰唰”写下一张字条给我，我展开一看，是一个地址。

他解释说：“是妈妈的房子，这里连爸爸都不知道，以前我心情不好时就去那里住几天。虽然她知道我不是她亲生的，但是她一直待我很好，只可惜去得早，我只能在空荡荡的房子里缅怀她。她要是还在，你也会喜欢她的。说到底，这房子是属于你的。”

我捏着冰凉的钥匙，问道：“你为什么突然对我这么好？”

“因为你终于和我一样了。”佟恺蓦地站起来，身影挡住了我眼前的光线。

我看到他脸上的表情通通消失，又恢复成了以往的淡漠模样。

Chapter 8

“白仓街23号。”我抓着写有地址的字条念念有词，从出租车上下来后，就开始打量周边环境。

这是一条老旧得有些寂寥的街道，映入眼帘的是一幢摇摇欲坠的危楼，楼面上用白色油漆写了一个大大的“拆”字。寒风拼命往我衣领里钻，我缩了缩脖子，加快了脚步，在破旧的小巷子里一路穿梭，终于抵达了23号。

抬头一望，筒子楼的窗户上爬满了枯藤，到了夏天，那一定是绿意盈盈。

我爬到三楼，拿钥匙打开门，周围的所有声音仿佛都一下子归于沉寂，只能听见自己的心跳声了。

六十平方米的房子，因为长时间没有人住，地板上落了一层厚厚的灰尘。

我深深地吸了一口气，原来这就是我亲生母亲的家，可惜我竟不知她长什么样。

我去厨房找了一块抹布，将整个家里都清洁了一遍。

在过去的十八年里，我从未这么认真地进行过一次大扫除。收拾完后，我一个人躺在床上，两眼无神地望着天花板。我只是想找一些事情来填满内心的空虚，不用再想那些恼人的事情，我承认我是在逃避。

关了灯，我迷迷糊糊地睡着了。

我大概是不适应新环境，所以睡到半夜的时候，意识突然清醒，脑中一片清明。我揉着太阳穴坐起身，黑漆漆的夜里，屋外的惨白月光照进来，我看到正对着床的窗户玻璃上映着一张人脸。

再定睛一看，那不是我的脸，心脏骤然加速，我反手按了灯的开关。

我还没来得急看清楚窗外的那张脸，那盏老旧的白炽灯亮了不到三秒的工夫，“啪”的一声爆炸了，一股烧焦的味道涌入鼻腔。

窗外突然传来“咚咚咚”的响声，一下一下，就像刀尖在我心上起舞一般，我脑海里浮现出曾经看过的恐怖片里的经典场景，手不禁一下捏紧了被角。

“咚咚咚”的响声还在持续，并且一声比一声大，一声比一声急促。

“砰”的一声，窗户的玻璃被打破了，从破碎的洞口伸进来一只手。碎玻璃像尘埃一样一片片往下掉，越来越大的洞口处居然出现一张阴笑着的脸，那张脸的主人我见过，是那日我和佟恺一起走在路上时，一直跟踪我们的男人。

我的大脑在刹那间陷入迟钝，反应过来后整个人迅速被恐惧包围，呼救声卡在喉咙间发不出来，动作却比思绪快了一步。我掀开被子，赤脚拉开房门，疯了似的跑下楼。

我不知道那个圆脸、一身杀气的男人究竟要做什么，只知道来者不善，绝对不可以坐以待毙。我跑得飞快，一会儿工夫就到了巷子里。我停下脚步歇口气，身上只穿一件薄薄的衬衣，可丝毫不觉得冷，后背已经出了汗。

原本以为我已经将那男人甩得远远的，谁知一回头，看到他竟站在不远的地方，面无表情。

我仓皇之下呼吸停滞："你为什么跟着我？你到底想做什么？我跟你有什么深仇大……"我的话还未说完，就被他从袖口拿出的一把枪震得全部咽回肚子里去。

看着那黑洞洞的枪口，那一刻，我脑子里想的人不是爸爸，不是妈妈，而是郑寒。他宝石蓝的眼眸，薄薄的唇，骨节分明的双手，虽然冷漠却略带关切的话语……一切的一切，在脑海中浮现。

我这条早该在九年前就葬入黄泉的命，今天难道要被老天收回吗？

我听到拉动手枪保险的声音，对死亡的剧烈恐惧让我在这一刻尖叫出声。

"郑寒，救我！"我脱口而出。

身边突然起了一阵风，一双带着奇异温度的手捂住了我的眼睛，我闻到一股若有若无的香气。

"砰！"

一枪声响，似乎从我站立的地方发出。双腿失去支撑的力气，一软，我跪倒在地。

周边变得鸦雀无声，我缓缓睁开眼睛，那个圆脸男人已经不知去向。刚才的一幕像是我臆想出来的。

我大口喘着气，腿发软，心跳很快。我从地上站起来，拍拍身上的尘土，向前走了两步，不知被什么东西绊了一下，倒在地上，失去了意识。

第六章

听说你曾回来过

Chapter 1

我醒过来的时候，没入鼻腔的是福尔马林的味道，爸妈和佟恺都围在我身边。

意识完全恢复的那一刻，我蓦地坐起，怀疑地看了看四周的环境。

“我是怎么来医院的？”脑海中的最后一幕，是我倒在无人的深巷里。

“你昏倒在居民楼下，起夜上公厕的居民发现你，报了警，又打了120。最后是警察联系我们来医院的，你已经昏睡好几个小时了。”妈妈微微叹了一口气。

“我已经睡了这么久吗？”我狐疑地望着妈妈，再望向爸爸，甚至是靠在墙上面无表情的佟恺。他们的表情不像在跟我开玩笑，都很认真。

爸爸的眼神里是深深的担忧，他轻声说：“你就算和我们赌气，也不应该一个人跑去一个你从未到过的地方躲起来，这样很危险。”爸爸一转头，声音里带了丝愠怒，“小恺，你明知道她在哪里，却跟我们说不知道，你险些害了她！”

佟恺低垂着头，一声不吭。

我继续环顾四周，看到穿着制服的警察站在门外。看来大家已经都知道我跑去亲生母亲生前住的地方过夜又被袭击的事了。

“找到袭击我的人了吗？”我的声音里带了丝不易察觉的颤抖。

爸妈互相望了望，纷纷摇头。佟恺突然一声冷嗤：“真是没种！”

我不明白佟恺为什么要讽刺我，面对他的冷嗤，我怒意袭上心头，刚要反驳，爸爸已经上前一步，劈头盖脸地呵斥他：“说什么呢？出了这样的事，你有一半责任！”

佟恺头也不回地走出病房，妈妈领着一名警察走进来，要给我录口供。

我望着警察的脸，听着他的提问，却没有一个问题可以做出准确回答。

我闻到自己衣服上有一丝若有若无的香气，再细嗅时那丝味道却消失了。我想起那双捂住我眼睛的手上，也带有这股香气，感觉似曾相识。

警察询问完后，医生走进了病房，量了下我的体温，随后笑着对我爸妈说：“热度已经退了不少，应该没事了，再留院观察两天就可以出院了。”

医生这样一说，爸妈脸上的担忧神色才缓和了不少。

我怔怔地坐在病床上，脑袋里一片混乱。估计我的样子实在很糟糕，医生望向我的眼神十分关切，语气也很温柔，像在哄小孩子：“你只是受惊了，多休息就会好的，别太紧张。”

他出了病房后，妈妈就扶着我躺了下来，应了医生的话，让我别多想，闭上眼睛休息。爸爸还穿着病服，他欲言又止地看着我，我知道他此刻一定有很多的问题想问我，却顾及我的健康状况不敢问。

夜深之后，佟恺陪着爸爸回了他的病房，而妈妈一直陪在我身边。

妈妈曾是这个世上我最亲近的人，但现在我和她已经变得相对无言。我闭上眼睛装睡，她可能知道，但是没有揭穿我，只是替我掖好被角，低叹了一口气。我被她这个寻常得不能再寻常的动作刺激得无法再演哑剧。

我一个激灵坐起，直视她道："作为一个女人、一位母亲，你当初到底是怎么同意交换孩子这个荒唐的决定的？就算决定了，那就隐瞒一辈子啊，为什么又那么不小心让我知道真相？"

妈妈望着我，她的眼神里平静无波。她起身给我倒了一杯水，淡淡地说道："错了就错了。"

"你说得倒轻巧。"我冷嗤一声，不禁将这些年所有的不幸都归结于这场闹剧。

"你年纪还小，遇到这些事会想逃避，也暂时接受不了，这些都很正常。但我希望你能知道，在我心里，我就只有一个孩子，那就是你。有些事错了就错了，上天自有别的安排，何必大费周章？为什么不顺着上天的安排坚持下去看看？说不定会有惊喜。"她说。

她的话虽轻，却重得像石头一样压在我心上。

因为天天见面，我从未好好看过她的改变。此刻她就在我面前，印象中面容姣好的脸不知什么时候生出了皱纹，乌黑的长发也不知什么时候多出了些许白发。

我心下一酸，脱口而出："怎么会是惊喜，不是累赘吗？"

长久以来，我只沉浸在自己的世界里，开心就撒娇，难过就哭泣，生起气来就谁都不理。我曾经试着去体会妈妈的心情，却没有哪一次，比这次更加深刻。

过去的一幕幕在我的脑海里重现。

小时候高烧不退，她抱着我在雨中求医；我被劫到大海上，目睹了原以为是我亲生父亲的死亡，得救之后性格大变，她整日陪着我；后来她改嫁给我的小学语文老师，我一直和她闹别扭，她也从来不责怪我，只是日复一日悉心照顾我。

"是累赘也认了。"妈妈的回答非常快速，没带任何考量。

"对不起。"我说。

"说什么对不起，能平安回来就好。"妈妈神色疲惫，可还是冲我挤出了笑容。

那天晚上，我睡得并不沉。我知道爸爸偷偷来病房看过我。他和妈妈怕吵醒我，压低了声音说话。

"我明天就出院。"爸爸说。

“明天？这么快。”妈妈有点儿讶异。

“本来就是小毛病，在家也可以养着。两个人都住在医院里，那得花多少钱啊。你看你累的。”

“我累些不要紧，只希望小晴赶紧好起来，我担心她心里还有什么放不下的。”妈妈叹了口气。

“总会放下的，她只是年纪小，遇到一些事便反应过激了。过去的事就让它过去吧。我下周返校开会，你多陪陪她。”爸爸道。

我清楚地听着他们的对话，攥着被角的手不禁又捏紧了一些。

我没有再和佟恺说过话，他见到我总是一副厌恶的神情。

回家后的一日，吃饭时，妈妈故意将我和他的饭碗放在一起，想要当和事佬的态度十分明朗。佟恺看到我，饭没吃一口，便转身离开。

我既尴尬又愤怒，朝着他的背影喊了一句：“是不是那天我死了，你就开心了！”

他的背脊僵了僵，没有搭理我，径直出门。

妈妈想要喊他回来，却跟不上他的脚步。转身想要安慰我，我却不领情，还砸碎了一只碗。无数种情绪涌上心头，最后我委屈地趴在桌子上大哭。

Chapter 2

次日早上我睁开眼，从窗帘透进来的光很刺眼。

我打开窗户，发现昨晚下了一场大雪。

我起床洗漱后，路过厨房时发现了冰箱上的字条，是妈妈留下的。她说她有急事要出门，备好的早餐在冰箱内。

下雪的早晨，身为家庭主妇的妈妈能有什么急事呢？无非是想要创造空间让我和佟恺单独相处，解开矛盾。可她注定要失望了，我苦笑着摇了摇头。

我为自己煎了一个煳掉的鸡蛋，又热了一杯牛奶，端着这些去客厅时，意外地看到佟恺坐在桌边啃着冷冰冰的面包。

“我回房间吃。”感觉他要说话，我抢白道，说完便转身朝房内走。

“对不起。”他的声音硬邦邦的。

我猛地回头，看到他微昂着头，面无表情。他望向我的眼神很清澈，让我相信他的这句道歉是发自肺腑。我将早餐端回客厅，坐在他对面吃了起来。

“其实我挺想和你好好相处的。”我说。

“我知道。”他答得含糊而迅速。

“那你为什么总是为难我？”如果要和面前这个看起来有些玩世不恭的男孩和解的话，我就必须得到我所问的这个问题的答案。

“有吗？”他眼底那丝清澈的诚意消逝不见，取而代之的是戏谑。

佟恺的脸多变，根本分不清哪一面才是真正的他。每当我下定决心不理会他，他总是会突然出现，带给我一些和好的暗示。每当我想要接纳他，他便会用冷嘲热讽的话语竖起一堵墙。

他的戏谑神情激怒了我。

“难道没有吗？”我蓦地站起来。

早晨的餐桌瞬间变成了一个硝烟弥漫的战场。

“我把我的秘密基地借给你，结果你住了不到一天就逃回了父母身边。我们俩如今的悲剧都是因为他们当初自以为是的决定，不过你似乎不觉得有什么不好，反正这样错位的身世，倒霉的也只是我，他们都护着你。”佟恺说这段话时，手指的关节时不时叩击着桌面，敲得我的内心烦闷无比。

“我被袭击了，佟恺！”我直直地盯着他，想要望进他的眼睛深处，想要知道佟恺是否只在乎我是不是和他站在统一战线上报复父母，而一点儿都不在乎我的生命安全受到威胁这件事。

“袭击你的人呢？过了这么多天也没抓到不是吗？”佟恺缓慢地撕着一块面包，唇角似笑非笑。

他的态度是一记尖锐的嘲讽，好像我被袭击这件事是自己编造出的一幕戏。

“就是那个圆脸的男人，你也见过，他还曾经开车想要撞我们，你记得吗？”我急促地说。

佟恺皱了皱眉头，眼神飘忽，似乎是在回忆那男人的脸。

“那事也许就是个巧合吧。”他忽然定了定神，淡漠的语气让我愣住。

佟恺起身，斜背着一只包，蓦地打开了门。我站在吹进门的冷空气中问他去哪里，他却像没听见一样。

从小到大，佟恺受过很多冷眼，吃过许多苦头。如果说，这件事让我对父母生出了一些爆发性的不满，那佟恺对父母的怨恨则是隐忍、绵长且深刻的。

所有人都关心着我的安危，只有佟恺明明清楚地记得我和他差点儿被车撞的那件事，却断定是巧合。他的行为像在刻意包庇那男人，会不会，他和那男人是相识的？

想到这里，我的思绪断了一秒，感觉被人浇了一身的凉水，凉意蔓延至四肢百骸。

我承认我如今的性格变得多疑，但我现在只能依赖我的直觉。

我还没来得及穿外套，便出了门。当看到佟恺的背影消失在路的转角时，我赶紧跟了上去。我的脚一浅一深地踏进雪地里，蓬松而柔软的雪吸去了所有的声音，我清晰地听见自己紧张的心跳声有如擂鼓。

我跟着佟恺走进商场，走进书店，走过大大小小的街道，从早晨走到下午。我饿得前胸贴后背，鞋袜全湿，快冻成一座冰雕。

佟恺漫无目的地闲晃，脚步时快时慢。

我气喘吁吁地扶着墙想要一屁股坐下，终于意识到这大半天佟恺根本就是在耍我。

“我现在想去公园赏雪，你还要跟吗？”熟悉的戏谑声自头顶传来。

我看着地上那道挡住光线的阴影，不用抬头也能预见佟恺嘲讽的嘴脸。

“你从小跟着父母长大，他们难道没教过你，跟踪别人是很不道德的行为吗？”佟恺声音淡淡的。

“哪里不道德了？如果不是你言行举止奇奇怪怪的，我为什么要跟踪你！”我的胸腔里憋着一团火，猛地抬头，怒睁着眼与他对视。

“哦？哪里奇怪了，不就是没有关心你的安危吗？你不是好好地站在这里吗？我从

小到大也遇到过很多危险的事，从不见有人关心我。是因为你是女孩子，还是你天生有公主病？”街道的冷清显得佟恺的声音特别清亮，一字一字刺进我心里。

佟恺犹嫌不足，又轻飘飘地补充了一句：“就算你出了事，也跟我没多大关系。我们本来就是没有血缘关系的陌生人。”

有些人天生就是有这样的本领，轻描淡写的几句话，不费吹灰之力就能将你击倒。

我咬着下嘴唇，感觉眼泪快要溢出来了。

我的狼狈，佟恺尽收眼底，但他依旧跟个没事人一样，面无表情地跟我说：“你要是想跟就继续跟，如果不想跟还是快回家吧，小公主。”

他说的最后三个字是一击必杀。在他转身后，我松开了紧咬的唇，发不出一丝声音，心底却在狂叫：佟恺！我跟你势不两立！

Chapter 3

经过一整个寒假的波折，开学时，我带着复杂的心情返回了海角。

宿舍里的女孩子们互相分享着家乡的特产与零食，王想想将两包杏干和李子干塞给我，在我耳边说："都给你，补补身体。"

本来只是女孩子间互相寒暄的几句话，我却因为太敏感而起了疑心。

"你怎么知道我病了？"我皱起眉头，脱口而出。

王想想愣了愣，然后笑了笑："就是看你脸色不太好，怪苍白的。"

"是吗？"我摸着自己的脸，转身望着梳妆镜里的人，居然觉得很陌生。自从出院之后，我的精神状态就一直很恍惚。

从外面回到宿舍里的一个女孩边拖行李箱边叫我："徐晴，付教授让你去他办公室一趟。"

付教授?

我很诧异付教授会突然找我，王想想和宿舍里的其他人都很诧异。

我带着所有人的诧异走向付教授的办公室。

办公室里只有他一个人。午后的阳光从窗户照射进来，衬得桌椅泛黄，整个办公室染上了复古的色调。

付教授坐在椅子上，鼻梁上架了一副老花镜，手上还拿了一个放大镜，对着我送给他的小瓷瓶儿研究，脸上的表情尽是惊喜，透着一股异样。

"你快来。"他朝我招手。

"我研究这瓶子研究了一个月，你猜我发现了什么？"付教授的表情就像发现了巨大宝藏。他浑浊的眼球里散发出光芒，好似返老还童一般。

"什么？"我径自搬了一把椅子，坐到他对面。

"这瓶子的来历可不一般哪。"他幽幽地吐了一口气。

付教授坐在办公室最里靠墙的位置，他的身后是高高的带锁的玻璃书橱，里面全是一些老古董书。

他找到其中一本泛黄破损的旧书，指着其中一页对我说："你看，这上面有记载，这个印章的图案，代表的居然是清朝的御膳房。"

我凑过头去看了看，那页纸上画着一个方形的图案，方形内的文字已经模糊得无法确认。

"教授，您真能看清这方形内的文字？"我狐疑地问道，真是不敢相信，难道快到古稀之年的付教授眼神儿居然比我的还好使？付教授递给我一个放大镜后，将瓷瓶儿的底朝天。我一看便愣住，眼神再也离不开。那模糊的字迹在镜片下变得清晰，是烧制上去的釉彩，印着三个繁体字——御膳房。

郑家和清朝皇宫里的御膳房有什么关系？这个瓷瓶儿为什么会在张嫂手里？

我的脑海一片空白，所有零件都在这一刻停止了工作。

“所以说这个瓷瓶儿不是你家祖传的吧。”付教授的声音沉了沉，“如果你家祖上在御膳房当过差，你现在就是国内皇家菜的传人，可是据我所知……”

有时候知识太渊博是一件好事，也是一件坏事。好事是他能让我知道更多不可思议的事情，坏事是他坚持不懈的探索精神威胁到了我心底的秘密。

幸好，他暂时在这个话题上打住了。

“其实你不想说也没关系，只是……”

“好啦，其实这个瓶子是我捡的，我根本就不知道原来它背后有这样的故事。”我猛地站起来，摊开双手，装出很无辜的样子。

因为害怕他在暂时打住话题后再次滔滔不绝地打破砂锅问到底，所以我先发制人。

“付教授，我想起我还有事要忙，得先走了，刚开学，事儿多，您体谅一下，我下次再陪您聊。”说完，我不等他回话就夺门而去。

在回宿舍的路上，我脑子一片混沌。边走着，脑海中就边浮现出付教授放大若干倍的脸。

郑家怎么看都不像是和中国皇家有关联。难道那个凶巴巴的张嫂是皇家厨房的后人？她要是有这样一个显赫身份的话，也不至于隐没在别人家里当管家吧。我的警察爸爸到底知道了什么秘密才惨遭杀害？这一连串的事件里面，我到底漏了什么？一定有我不知道的隐情，可那到底是什么呢？

我因为想得太入神，走到宿舍楼下时，迎面撞到了一根廊柱上。冰凉的钝痛感一下子将我从思绪中拉回现实。

周围路过的学生纷纷指着我打趣，我用袖子捂着脸，逃命似的奔回了宿舍。

Chapter 4

新学期的第一节课是“世界文明史”，阶梯教室里的同学都显得格外兴奋，他们眉飞色舞地讨论着什么，我没有去细听，也懒得知道。

王想想将笔记本往我手边一放，径直坐下后对我说：“今天要来一名转学生。”

“大学还可以转学？”我眉头微微抬了抬，这是我第一次听说。

“嗯，而且听说是从国外转到国内的，一会儿辅导员应该会来给我们隆重介绍。”王想想一只手翻开笔记本，另一只手不自觉地托腮。

大学转学，又是从国外回来，还让辅导员隆重介绍。这种人在海角大学这样一所普通高校里，想不引起轰动都难。看王想想的表情，她也在期盼吧？

窗外，太阳不知何时藏进了云里。天空开始下起了早春的第一场雨，淅淅沥沥。我心不在焉地转着圆珠笔，有些焦躁地等待辅导员的到来。

就在我昏昏欲睡时，王想想蓦地用手肘拱了一下我，我手中的圆珠笔掉在了地上，“啪”的一声将我惊醒。

“来了。”王想想低声道。

我望向教室门口，整个人在刹那间定住，半点儿都不能动弹了。

辅导员夹着一沓书正缓缓地往讲台走来，跟他一起进来的是一位坐轮椅的少年。细碎的头发，宝石蓝的眼睛，刀刻般的脸部线条，如同油画中的人物。

这不是郑寒还能是谁？

我的眼睛惊讶地睁大。

整个阶梯教室的人开始躁动，尤其是女生。我知道她们躁动的原因，一是郑寒坐着轮椅，二是他与郑星几乎一模一样的脸。

辅导员拍了拍讲台，示意大家安静。郑寒的介绍词很简短，音乐系郑星的同胞兄弟，刚从R国回国。他的双腿因在冬天滑雪时受伤，所以坐轮椅。

R国？又是R国？是因为天高皇帝远，他料准了无人会去地球另一端调查他的底细吗？在滑雪时受伤，这个理由更是编得天衣无缝，不知是郑寒的主意还是别人的。

整个教室的人都拍着桌子，吹着口哨，这是他们友好的欢迎仪式。

我在人声鼎沸的教室里显得格外安静，用眼睛扫过去，不偏不倚地与郑寒的眼神撞了个正着。

清冷，孤傲，遗世而独立。

我眼前又浮现出那个晚上的情景，我跑出老远，一回头，郑寒就坐在轮椅上，用同样的眼神看着我说：“我不会去追你，因为根本无法追。”

无法追赶我，却会保护我，让我在身处危险时，脱口喊出他的名字。

我脚下一滑，椅脚在地面上划出一道刺耳的声响，我赶紧坐好，想稳住自己的情绪。王想想在我耳边幽幽说道：“怎么了？是因为和郑星长得太像，你惊讶了吗？”

我蓦地回头，她的眼神里藏着一种说不清道不明的色彩，像某种探寻，那抹色彩很快便消失得无影无踪。

王想想笑得无邪：“这样最好了，这个郑寒虽然双腿因为滑雪受伤，可是不代表不会好嘛。他条件那么好，以后学校里的女生眼睛就不会只盯着郑星一个了。”

很多时候我无法给王想想这个姑娘下定义——说她是敌人，可她在我这个人缘差、性格孤僻的人身边，一直充当着朋友的角色，在生活细节处关心我；说她是朋友，她却背叛了我，她的多舌间接伤害了莫司林，我始终无法完全释怀。

辅导员介绍完新同学，老师便要开始授课。

郑寒自己推动轮椅路过我身边时，我闻到他身上有一股若有若无的香气。

那股香气似曾相识。

我蓦地站了起来，双目再一次瞪圆，不可思议地望着他。我的直觉绝对没错，他身上的这股香气，便是那日晚上我在深巷里遭遇袭击，那个捂住我的双眼救我于危难中的人身上的味道，因为特殊，所以我印象深刻。

这次，郑寒没有看我，他只是找了一个空位，像大多数同系学生一般，拿出笔记本和圆珠笔，开始听课。

“那位同学，你站着做什么？”辅导员指着我，眉头皱成一团。

直到王想想拉了拉我的衣袖，我才清醒过来。辅导员让我坐下的话已经重复了三次，整个教室的人目光“嗖嗖嗖”几乎要将我看穿。

我坐下来，却无心听课，呆呆地望着郑寒的方向。

他攥着笔，时不时低头，在本子上记着什么，却自始至终没再朝我看一眼。我像一个无关紧要的陌生人，可直觉告诉我，今天发生的一切，甚至是我能捕捉到的细节，都是郑寒故意的。

故意让我嗅到香气，故意进历史系，故意出现在我面前。

可这一切，已然推翻了我之前所有的设定。张嫂不让他接触外人，他常年身居古堡，可现在怎么又能出现在公众场合？还有那个晚上，如果真的是他，他是怎么做到的？难道他一直跟踪着我，暗中保护着我？还是，这一切只是幻象？真如医生在我的诊断书上写的，因为受惊吓过度，所以情绪不稳定，眼前可能会出现幻象吗？

Chapter 5

下课时，教室内的女生几乎都没有离开，她们一拥而上，叽叽喳喳地围着郑寒问各种问题，她们对他实在是太好奇了。

可郑寒毕竟不是郑星，不能像一位戴着面具的完美偶像一样，微笑着回答她们的每个问题，只是虽然是拒绝，却温柔得滴水不漏。郑寒的态度冷若寒冰，他目光望着前方，淡淡地说：“你们让开一些，我得回去了。”

他用的语气不重，话里的意味却容不得人拒绝。

大部分女生知趣地让开一条道，默默目送着他的背影渐渐离去。

待他走远后，教室里又开始炸开了锅。

“什么嘛，那么骄傲，都不用正眼瞧人的。”

“怎么同胞兄弟脾气却相差那么多？一个温和，一个却这么冷酷。”

“也可能一个外热内冷，一个外冷内热呢，应该是跟我们不熟悉吧。”

我紧跟着小跑出门，那些女生的闲言闲语逐渐远得听不见。

郑寒停在一棵枝丫刚开了花的桃树下，我不清楚他是在赏初春的桃花还是在想着什么事情入了神。

我鼓起勇气走上前，喊了他一句：“我有话想跟你说。”

他的双手搭在轮椅扶手上，眼光淡淡扫了我一眼，似乎默许了。

这是我自从那夜真相被揭穿之后，第一次和他说话，竟然紧张得牙齿打战。

头顶上空，桃花的花骨朵里包裹的雨露“滴答”落在我头发上，丝丝清凉沁入头皮，我突然镇定了不少。

“怎么突然想起要来上课呢？”我问。

“在同一个地方待久了，就想看看外面的世界。”他回道。

“可是外面的世界那么危险，张嫂不是一直希望你待在古堡里……”

“他们都希望我一辈子待在古堡里。”郑寒打断我的话。

他们？我怔怔地望着他。

他唇角似乎撇过一丝若有若无的冷笑，然后转头深深地凝视着我道：“以前我也觉得无所谓，他们这样想，我顺着他们也没什么。可现在，我不能再顺从他们了，我有了别的打算。”他蓝宝石般的眸子闪烁着一道幽深的光芒，我离他很近，却看不明白他的讳莫如深。

虽然雨后的泥土混合着花香，但再浓烈的气味都掩盖不了郑寒身上那股特殊的香气。我咬着下嘴唇，犹豫半天还是将心底最大的疑问问出口：“寒假时，你有没有到过我家？我是说，我的家乡。”

他搭在轮椅扶手上的手微微抬了抬，刚要回答我，远处响起王想想的声音：“原来你们在这儿。”

我抬头，看到她端着三个杯子急匆匆往我跟前走，杯子上空浮着热气，氤氲的雾气将她的脸遮住。直到她走到我跟前，我才发现原来她是瞧着郑寒的。

“初春了，但还是有些冷，喝点儿热咖啡吧。”她不由分说地将其中一杯咖啡递给我，又忙不迭地将另一杯咖啡送到郑寒手边。

不知是匆忙还是有意，她的脚被不平的路面绊了一下，杯子里的咖啡立刻泼了出去，尽数洒在郑寒的腿上。

王想想慌忙地从口袋里掏出纸巾，诚惶诚恐地擦拭着郑寒裤子上的咖啡，边擦边道歉说：“对不起，对不起。”

我看着身边这个复读机似的王想想，又看着郑寒隐忍着怒意的面孔。

郑寒极其不自然地推开王想想的手，别扭地拒绝：“不用了，没关系。”

“看你穿得这么单薄，混血儿都不怕冷吗？刚才有没有烫到你？如果烫到了一定要说啊。”王想想似乎真的很在意，又很担心，不停地询问。

郑寒眉头皱了起来，将椅轮转了个方向，背对她，用动作表明自己不愿与她纠缠下去。王想想在这一刻突然变得知趣起来，她将纸巾塞进我手中，自嘲地笑了笑：“本来好心想给你们买点儿热咖啡暖手的，但你们好像还有别的事情要聊，那我就先走了，不打扰你们了。”

她的眼神有些闪烁，说完就往回走。

我抽出一张纸巾，走到郑寒面前蹲下，用纸巾吸附他裤子上的咖啡。

我突然想起刚才问郑寒却被王想想的出现打断的问题，动作不禁停下，却发现自己不好意思再问第二遍。

人真是奇怪。明明是同样的问题，却在勇气丧失之后，怎么也开不了口了。

我抬起头，发现郑寒正看着我，眼神迫人。

“你得离这个女生远一些。”他说。

“为什么？”我问。

“因为……”他的话音停顿在空气中，过了几秒，才生硬地说，“总之，你得离她远一些。”

他瞳仁中忽闪而逝的某种信息，我还未抓住，就已经消散。

这样的对话根本就无法再继续下去。

我跟他对视着，试图再从他的眼睛里看到什么。他却低叹一声，转动轮椅往校外的方向而去。他走了一段距离后我才反应过来，赶忙追上去，想要帮他推轮椅，他却淡淡地拒绝：“你也回去吧，有司机在校外接我。”

他既然这么说了，我便不能再跟着，只好站在原地，看着他渐行渐远，那丝若有若无的香气也渐渐消散。

我回头，看到郑星居然站在桃树后的台阶上，双手插进裤袋，面无表情。

我不知道他在那里站了多久，又看了多久我和郑寒之间的互动。他发觉我在看他时，朝我抛出一个微笑，也转身离开。

又有雨丝飘下来，阴冷潮湿。

Chapter 6

天气放晴的周末，学院操场格外热闹。

新学期伊始，各个社团又开始积极地收纳新鲜血液。与窗外的喧哗不同，宿舍里非常安静。我躺在床上，翻阅着手中厚厚的《中国古代史》。刺眼的阳光将那些密密麻麻的字照得像游弋的蝌蚪一般，仅仅是看了几分钟我就开始头昏脑涨。

最近上课，哪怕我故意坐在最后一排，付教授也总喜欢向我提问。为了不在全班同学面前丢脸，我只能苦当学霸。更深一层的理由是，我害怕他找理由将我留下，逼问我那个瓷瓶儿的来历。

“别看啦，我们出去转转，总是窝在寝室里，身上会长蘑菇。”王想想一脚踹开寝室的门，朝我走来。

她一只手就将我从床上硬生生拽了起来，明明她看起来那么柔弱。我揉揉发酸的眼睛问她：“去哪里？”

“没看见外面那么热闹吗？围棋社的社长直接摆盘说谁要是赢过他，就将社长之位拱手让贤，还要奖励那个人一张可以吃一学期的饭卡。”王想想眉飞色舞。

“玩这么大？”我被惊到。

“还有呢，摄影社购入一台单反相机，说是要从报名参社的人里面选一个赠送，你不是说你喜欢摄影吗？我们去试试运气吧。”她凑近我，脸上充满了跃跃欲试的兴奋。

我被她这股兴奋劲儿带动，丢下书就跟着她走，刚出寝室门口，脑子里蓦地浮现起郑寒的脸。

“这个女生，你得离她远一些。”

我甩开王想想，又走回寝室。

王想想看着我，脸上的兴奋转为失落，她幽怨地看着我说：“是不是因为我弄脏了郑寒的裤子，他跟你说了什么，所以你对我心里有了芥蒂？”

我愣了愣，好想告诉她，就算她不用咖啡泼脏郑寒的裤子，我也早已对她有了芥蒂。何况，我时常回忆起当时的情景，总觉得她的行为像是故意的。但她为什么要这么做？难道只是为了引起郑寒的注意？别的女生一味讨好，她却剑走偏锋，因为反感也是一种在乎？我无法进入王想想的脑子里观察她的脑回路和别人有何不同，但从她之前的表现来看，她确实是不走寻常路的那类。

“看来是真的有了。”她眼里有什么东西一闪而过，颇为受伤地说。

我于心不忍，突然觉得，跟她去试试摄影社的报名又不会怎么样。

“没有，我就是觉得热，脱件外套就走。”我胡扯了一个不着调的理由，潇洒地脱掉外套。

刚走到外面我就后悔了，即便太阳出来了，在这个春寒料峭的天气，气温还是很低。我蜷着胳膊和王想想走去操场，报名了人气最旺的摄影社。

说起来，我和摄影社的社长何胜男还有些渊源。她是工艺设计系大二的学姐，学的专业与我们风马牛不相及，却时常进出我们中国古代史的课堂，捧付教授的场。她每次都坐得离我不远，当付教授点名让我回答问题时，她总是偷偷帮衬我一把。

所以当我和王想想站到她面前时，她一眼就认出了我，朝我打招呼。

“你也对摄影有兴趣吗？”她问我。

我点点头。

“那就直接来吧，我们也算有缘。”何胜男朝我招招手。

最后的结果就是，我和王想想没有参加选拔，直接入了摄影社。所有人望着我的目光里都仿佛透着利刃，如果目光可以杀人，我早就死了无数次。

回宿舍的路上，王想想一直处于亢奋状态，手里把玩着单反相机，笑着对我说：“我发现你身上有一股奇妙的吸引力。”

“什么吸引力？”虽然内心不太喜欢王想想，但是她这话是夸奖我的，所以我还是竖起了耳朵打算细细聆听一番。

“虽然其貌不扬吧，但总能吸引特别优秀的人的注目。”一句话像赏了颗红枣又打了我一巴掌，我的心里顿时倒了五味瓶儿一般。

表面上确实是这样，从最初的莫司林，到后来的郑氏兄弟，再到刚才的何胜男，自命清高的清秀才子，气质高贵的混血兄弟，帅气爽朗的摄影社社长。我虽普通得不能再普通，这些人气超高的校园风云人物却都被我一网打尽。

但女生的嫉妒心太可怕了，我不仅在宿舍人缘不佳，其他女生对我置之不理；在系里也如此，付教授点名向我提问，全体女生看我笑话；甚至在全校，我都是女生们心中的黑名单上的NO.1（第一名），走在路上都会被指指点点。可怜最后我的身边只剩下一个似敌似友的王想想，她曾因被郑星邀请跳了一支舞而被孤立。从某种意义上来说，我们同病相怜。

Chapter 7

一周后。

摄影社的招募已经结束，何胜男短信通知大家周六在青川山脚下集合，摄影社的第一次集体活动便是登山露营拍日出和日落。

听起来很浪漫，现实却很骨感。

青川是海角的一个沿海小镇，青川山是这座小镇上海拔最高的一座山。我和王想想一大早就坐车出发，汽车沿着曲折蜿蜒的道路一路摇摇晃晃地抵达青川山脚下。我刚下车，一弯腰险些将早饭吐出来，旁边的王想想脸色苍白，眉头紧皱，不比我好多少。

我们俩望着那高耸入云的山峰，都叹了一口气。

摄影社的其他成员也逐个到达了目的地，我看着那些陌生的面孔，有些恍惚。耳边忽然响起一阵轮椅压过泥土的窸窣声响。我蓦地回头，居然看到郑寒也来参加活动了，他坐在轮椅上，由一位我并不熟的同学推着，一步步来到大家面前。

因为前一夜下雨，所以山脚弥漫起了雨雾。郑寒自迷蒙的白雾中缓缓而来，苍白的肌肤和细碎的头发上都沾了些雨露，整个人看上去飘然出尘。

摄影社的所有人都看呆了，包括我。最后还是何胜男激情洋溢的声音将我们出窍的灵魂拉回来。

“给大家一个惊喜，我们海角大学的新人气王郑寒也加入摄影社了。”她宣布道。

大家面面相觑，都觉得这个消息实在来得太突然了。

“大家好，我是郑寒，以后请你们多多指教。”他微微倾身，语气虽客气，但任谁都能听出疏离的味道。

也正是因为他这样的疏离，所有人都对何胜男是如何挖来郑寒这件事特别好奇，但一脸神秘又得意的何胜男压根儿不说。

路上已经耽搁了不少时间，再纯靠脚力爬上山峰，那就赶不上看日出了。

于是大家决定乘坐索道上山。

一辆缆车上只能坐两个人，不知是有意还是无意，我和郑寒恰好是一组。

他静静地坐在我对面，我没由来地一阵紧张。

缆车渐渐上行，我和他之间只剩下沉默。

“不好奇我为什么来吗？”郑寒先打破了沉默。

我点点头。好奇，当然好奇。但如果他不主动提起，我压根儿不敢问。

“为了保护你。”他这句话说得极快极轻，我听到的一刹那还以为是我的幻觉。

“为什么？”我没头没脑地问了这么一句。

他还未来得及回答，缆车突然在半空中剧烈地摇晃了一下，我吓得尖叫出声，郑寒在那一秒突然站起来抓住我的胳膊，他的手劲儿很大，只用一只手便扶稳了我，让我不至于跌倒。

是的，我确定我没看错，他站起来了！

我连尖叫声都发不出来了，喉咙像被什么东西堵住一样，大脑一片空白。

“你……你怎么……”我不敢置信地问。

他松开我，神态冷淡。

缆车停在半空中，似乎是出了故障。

郑寒像什么事儿都没有发生过一样坐回原位，我却无法冷静。

“你的腿……你的腿不是……”我震惊得连话都不会说了。

郑寒用一种我看不明白的眼神凝视着我，他眸底的神色一暗，忽然掀起裤脚，摸上脚踝，手微微一用力，居然拿下来一节假肢，露出一段白皙的腿。

我的瞳孔震惊地放大，怔怔地看着眼前的一幕，眼睛睁得生疼。

“你骗我……你……又骗我。”我艰难地吐出这几个字。

“我有难处。”郑寒声音低哑，弯腰将假肢装了回去。

完整，密合，完全看不出那假肢包裹下的是一双健实的腿。

他的动作刺痛了我，我用力掐着太阳穴，努力使自己恢复平静。我一直以为他是我的救命恩人，为了救我失去双腿。我对他一直很愧疚。可现在，他让我明白了我的愧疚其实只是一个笑话。

缆车似乎修好了，在发出一道尖锐的声响后，又缓缓向上攀行。

“你都不跟我解释些什么吗？”我盯着郑寒那双让人看一眼便永生难忘的眸子问。

“我有难处。”他回答我的依旧是这一句。

“郑寒，你知道吗？之前我经历过许多变故，但一直不曾绝望，是因为想着至少还有你可以相信。可是现在，我谁都不敢相信了！”我听到自己的声音在颤抖，我愤怒地站了起来，头顶猛地撞到缆车的顶部，生疼。

郑寒下意识地想要站起来扶我，却又似乎出于什么顾虑，犹豫地坐下了。我眼冒金星，目光无意识地落向缆车外。叠嶂的山峦隐在茫茫的白雾之中，我一时之间，不知身在何处了。

第七章

黑夜与白天的交界

Chapter 1

缆车落地时，一名同学将轮椅推上前，扶着郑寒坐上去，然后小心翼翼地推着他行走到一处相对而言不那么陡峭的平地上。

摄影社的成员们都默默地看着郑寒有如神祇一般的面孔从他们眼前掠过。有人轻声叹息，有人径直问："郑寒，你的腿什么时候才能好啊？坐着轮椅多不方便哪。"

那人的语气分明是关切，大家都能听出来。可郑寒置若罔闻，一句话未回。

那名同学的脸色尴尬地变成酱紫色，他心知自讨没趣了，所以黯然走开。

"郑寒对其他人都这么冷淡，对你应该不是这样吧。刚才缆车坏了一段时间，你们一定在半空中聊了很久。"王想想不知什么时候晃到了我身后，突然开口说。

"没，什么都没聊。"我快速回她，语气笃定，可眼神缥缈着，既不敢转身去看她，也不敢望向郑寒的方向，更不敢与那些正因好奇而纷纷将目光投掷到我身上的同学对视。

"一定是聊了什么吧，不然你们俩之间不会这么尴尬。"王想想语气轻飘飘的，看似分量不重，却狠狠砸在我心上。

我心下一惊，紧紧抿了唇不说话。

"你说他的腿真的是因为滑雪而受伤的吗？"王想想继续问，语气幽幽的。

她站在我身后，温热的吐息喷洒在我脖颈间。我浑身一激灵，觉得身后站着的不是一个人，而是一条吐着芯子的毒蛇。

"我怎么知道？"我心虚地回了她这么一句后就走开了。

好在这时日出东方，所有人包括王想想的注意力都被那霞光四射的壮美日出吸引。

云雾之间的破晓，让所有人都兴奋地抓起相机"咔嚓咔嚓"，毫无技巧，只是一种本能反应，想要记录这令人惊艳的一刻。

拍完日出之后，大家找了一块巨大的岩石，在上面摊了一块桌布，所有人围着岩石席地而坐。

三明治、酸奶、吐司、煎饼馃子。由于又累又饿，这会儿大家都吃得津津有味，有说有笑，心情十分愉悦。

王想想口中嚼着煎饼，含糊不清地问郑寒："你在R国滑雪是怎么摔伤腿的啊？怎么这么不小心呢？"

我坐在她旁边，听到这样的话，心下一惊：这姑娘为什么非这么不依不饶的？

比起我的不安，郑寒却十分平静。他不紧不慢地吃着吐司，望向王想想，唇角浮起一丝意味不明的笑容：“是郑星让你这么问的吗？”

这下轮到王想想不说话了，她露出仿佛被瞬间切中要害的表情，微张着嘴，过了几秒才低下头，极力掩饰自己的慌乱。郑寒仍旧望着她，唇角那抹笑容渐渐放大。聊着天的大家望着这两个人，回味着他们之间简短却透着诡异的对话，纷纷沉默了。

我忽然就想起那个雨后，在校园里的树下，郑寒无比严肃地跟我说：“你得离这个女生远一些。”

我后知后觉地嗅出他们几个人之间不同寻常的关系，可是我又分辨不清那是什么。

Chapter 2

聚餐完毕，何胜男让大家自由活动。看得出，团内的那些人等社长的这句话已经等了好久。这山环水抱的明秀风光，激发了文艺青年们那躁动的心。大家都想找处安静的地方，自由冥想，于是纷纷作鸟兽散。

我不知道去哪里，只好待在原地，抓着相机，望着雾气腾绕的景象发呆。

“徐晴，我们去山的那头吧，刚才有同学说，那头有瀑布，还看见了彩虹呢。”王想想似一个千变万化的007邦女郎，前一秒沉默寡言，下一秒便热情地邀请我看瀑布。

我正想着怎样拒绝，郑寒的声音却从后方传来：“我也去。”

这下好了，我不用再花费脑细胞想拒绝的台词了。王想想没有说话，她的热情瞬间冷却，眼底闪过一丝玩味的神态。

“那徐晴推你过去，我来帮你们背相机。”王想想说着便伸手将我和郑寒手上的相机接了过去。

我推着郑寒的轮椅，不情不愿地随着王想想指的方向往山的另一头去。

不知是人迹罕至还是靠水越来越近，明明我推轮椅推得很吃力，额头、背脊上都沁出汗，浑身却感觉是冷的。这样的感觉真不好。

我们这三人行的氛围也诡异得很，一路上无人说话。

我听见了潺潺的水浪声，抬头看到的是狂泻而下的瀑布，直冲潭底。阳光刚好透过云层，折射到这气势磅礴的水流之上，形成了一道七色彩虹。

“真是美。”我情不自禁地赞叹，目光贪婪地停留在彩虹上，直到它消失。

我为社里其他同学没有发现此处美景而感到可惜，回过神来时，发现郑寒正一动不动地望着我，好像我与这瀑布景观是一体似的。我沉了沉心，转身看到王想想竟然跑到了潭边上。

“徐晴，这里的水好清澈、好清凉，你快来！”她呼喊我。

我下意识地应了她一声，前脚刚跨出去，脑海中就浮现出郑寒的脸，和他那句含义颇深的“你离这个女生远一些”。

我感觉脖子里莫名钻进一丝冷风，抬起的脚又不自觉地收了回来。

有些奇怪的是，王想想没有强求我。她待在潭边自顾自地戏水，直到玩到筋疲力尽才爬上来和我们会合。我望着她含笑的眼，灿若星子，不像在耍什么阴谋诡计。

糟糕，我的心再一次动摇！我总是希望自己成为一个心硬如石的人，但事实上，我成了一个心软的人。不管是谁对我造成了莫大的伤害，对方只需一个道歉、一个笑脸、几句好话，就能让我原谅他。

“玩了这么久，还没好好拍几张照片呢，全社里大概就我们三个人最不认真了。”王想想从口袋里掏出纸巾，边擦拭衣服上的水滴边笑着说。

“胜男应该会特别后悔让我们三个人加入。”我说。

“那就找个地方好好拍几张照片，不要再跑来这么危险的地方了。”郑寒的声音突然插进来，他的表情极淡，话语里却透着一丝冷厉。

这样的话应该是针对王想想的，可我有些想不通郑寒为什么要在这事上给她难堪，毕竟没有发生任何意外，我们还看到了别人寻不到的美景。

王想想身形顿了顿，耸了耸肩，似乎并不在意：“那好吧，我知道一个地方可以看云海，我在前面领路，徐晴，你推着郑寒走。”

青川山位置荒僻，除了一些摄影发烧友和户外运动爱好者，很少有人来。我很好奇王想想为什么对这座山上的风景这么熟悉。

因为内心藏不住事，我想着便将这个问题脱口而出。走在我们前面的王想想听到这话，轻描淡写地回了一句：“刚才坐在缆车里朝下看，山上的风景一览无遗。大概你和郑寒聊得很开心，所以才没注意吧。”

王想想的回答让我尴尬不已，但她的话似乎又不是在针对我，她无意间回头时，目光总是落到郑寒脸上。

夹在他们俩这种奇怪的对峙氛围中，再美的云海我也无心观赏了，只是草草拍了几张角度不同的照片用来交差。

就在这时，天空忽然暗了下来。抬头一看，远处的乌云正以压境之势袭来。

我举着相机，想要拍下这壮观的一幕，眼前却突然闪过一道闪电，整个山谷刹那间亮如白昼。

“要下雨了，我们快找地方躲雨。”郑寒急促地说。

“那边有山洞，我们过去！”王想想指着不远处的一条上坡路，被树木遮掩的背后确实是几个大大小小接连在一起的山洞。

眼见着大雨即将落下，我和王想想一起推着郑寒的轮椅走上坡路。一路的石子儿与淤泥使得这路更加难行，如果不是为了瞒住王想想，我真想让郑寒自己下来走，明明个儿高腿长，偏偏欺负我们这些腿短力气小的人。

我咬紧牙关拼尽全力，终于在大雨落下前几秒和王想想一起将郑寒推进了山洞里。

天空电闪雷鸣，暴雨瞬间倾盆而下，似天河决了口子，仿佛要将这世界淹没一般。

Chapter 3

手机没有任何信号，雨也没有要停的意思。

“我们今天就被困在这里了是吗？”我托着下巴，眉毛不由自主地拧在一起。

“我们不能被困在这里！我想办法找信号，打电话给社长，我们得和大部队会合。”王想想从地上爬起来，很果断地做出决定。

“你去哪里找信号？外面下雨，山上信号本来就差，山洞内就更不可能有信号了！”我有些焦躁地提出了质疑。

“做些什么总比什么都不做好吧。”可能是太劳累，也可能是这雨下得太让人绝望，大家的情绪都到达了一个临界点，仿佛一点即爆。

“可……”之所以会落单，全是因为王想想。如果不跟着她看瀑布，选择跟其他同学在一起，现在的处境也许不会这么绝望吧。毕竟人多的话，可以互相帮助。

“让她去吧。”郑寒镇定的声音传来。

我看不清他脸上的表情，他坐在山洞的深处，双手交握放在腿上，整个人坐得笔直。无论在什么样的情形下，郑寒总能保持渊水般的平静。

王想想以外套挡雨，小跑着出了山洞，往树木参天的地方隐去，转眼就不见了踪影。我有一肚子的疑问想要问郑寒，走到他面前却什么也问不出口了。

微弱的光线下，灰尘飞扬，郑寒那双宝石蓝的眸子是这山洞内唯一摄人心魄的存在。“你一定有很多问题想要问我，但现在不是谈这些的最佳时机。”郑寒对我说。

“那什么时候才是最佳时机？”我站在那里，怔怔地问。

“最起码不是在这里吧。”郑寒唇角忽然扬了扬，却又很快垂下。这微妙的神态变化和模棱两可的回话像一管催化剂，催化出了我心底最焦躁的情绪。我终于失控了，歇斯底里地朝他吼道：“你到底瞒了我多少事情？为什么不能现在和我说？是有多见不得人的事情？比你的父亲杀了我的父亲还要见不得人吗？”我抛出这一连串的问句，眼睛酸涩得不行，眨了一眨，就流出了泪。

真是丢人！我用袖子去擦泪，眼泪却越流越多。我的狼狈无处遁形，真想和王想想一样，也跑进雨幕中消失才好。

“你的情绪很不稳定，不如坐下休息一会儿吧。”郑寒的声音里浮上了一丝暖意。他没有生气，还变得温柔起来，眼眸里闪动着一种几近琉璃的光芒。

“我不坐！我要回去！”我跺着脚，像个小孩儿一般无所顾忌地发着火。我内心隐隐地知道，无论我怎么闹脾气，郑寒都不会离开我。正因为有着这样的自信，我越发肆无忌惮。

突然洞穴深处传来巨石落下的声响，我吓了一跳，立刻停止了哭闹。紧接着，洞穴深处居然还传出一声幽幽的叹息，像女人的声音，又似乎不是。

“你……你听见了吗？”我紧张地问郑寒。

“你待在洞口，我去里面看一下。”郑寒蹙着眉头，手扶着轮椅，微一用力，轮椅便朝后驶去。他迅速的反应让我有些安心。那声叹息不是我的幻听，而是真实存在的。

听着郑寒坐的轮椅在不平的石子路面上摩擦出刺耳的声音，我想跟过去帮他推，但脚刚跨出两步，又颤颤地停住了。我张开口，却说不出一句话，只能在心底为他打气，祈祷他没事。

郑寒的身影逐渐消失在我的视线里。洞外的雨幕与洞内这方狭小的天地联袂形成了一个封闭的世界。而这个封闭的世界里，只有我一个人。

Chapter 4

我背靠着岩石，缓缓坐下来。也许是大半天都处在紧张状态里，我的身体竟僵硬得快跟这身后的石块融为一体了。

我苦涩地笑了笑，揉了揉酸痛的腿和胳膊。早餐吃得太早，现在已经饿了。王想想和郑寒也不知道什么时候回来，他们明明才走了一小会儿，我却感觉时间已经过去了一个世纪。

“郑寒，郑寒。”我忍不住向洞穴内喊道，声音不大，却一直回响。喊了几声，无人应答。

我不想再待在原地，那样我会感觉自己在等待死神的降临。我拖着沉重的双腿，一步步试着往洞穴内走。

“郑寒，郑寒。”我不断地喊着郑寒的名字给自己壮胆，似乎他的名字就是一道护身符，有了他，无论什么妖魔鬼怪都不敢近我的身。

洞穴的路开始越来越窄，光线也愈来愈暗，我紧张得快要窒息。

这条路比我想象的漫长，前后都陷入了黑暗，与其后退倒不如前进，毕竟郑寒就在前方。

不知道走了多久，前方隐隐传来光亮，道路也越走越宽。我惊诧地发现这洞穴的尽头并不是封死的，而是有出口的。雨渐渐小下来，出口外是别有洞天的隐秘世界。

我犹豫着，往外走了走，突然看到一个人影站在悬崖边。

“郑寒？”我快步往前走了几步，却忽然停住。不，这不是郑寒。郑寒体形高大清瘦，那人身形却不够高大，他正弯着腰不知在做什么。

我揉了揉眼睛，拼命想要看清楚他的容貌。他穿着米黄色的风衣，侧脸轮廓圆润，他……我脑中闪过一道惊雷！

我整个人愣在原地动弹不得，反应过来后两腿发软地往后撤退，却碰到石块，一个趔趄，整个人被绊倒在地。

我还来不及爬起来，那人便听到声响转身，看到我便朝我奔来。

我忍着腿被石块磕伤的疼痛，努力地想要躲开他，浑身却似失去了力气一样，根本跑不了。

最后我只能害怕地紧闭眼睛，拼命挥舞双手，口中乱喊：“你别过来！求你了！郑寒，郑寒，你在哪里？”

那人已经跑到我跟前，死死捂住我的嘴，不让我说话。我咬他，他却捂得更紧，脖子被紧紧箍住，让我快要窒息。

濒临死亡的错觉让我爆发出前所未有的力气，我胡乱蹬着脚，竟然挣脱开了那人的手臂。

我往悬崖边上躲避，他却跟了上来。我心中升起一团无名火。在这一刻，我失去了理智，决定与这男人来一个了断，一了百了。

我对他又打又踹，口中大声质问着："你到底是谁？你为什么要跟我过不去？是谁派你来杀我的？你倒是说啊！"

"我不能再让你害我了！绝对不能！"我咬着牙，使出全部的力量，用上拳脚加倍地打他。

他惊诧于我的疯狂，最初只是抵挡，但抵挡不住便开始反抗。

我与他在悬崖边上扭打成一团，我击中了他的下巴，他口中发出吃痛的闷声，那声音似乎有些熟悉。

我眼前一片模糊，却能感觉到他与以前想要杀我的圆脸男人，似乎不是同一人。

虽然眼前的男人跟之前想要杀我的圆脸男人身高差不多，脸形差不多，甚至风衣看上去都是同一款，但眼前这人身上缺少了一丝狠戾。他只是在阻止我的行为，并没有要对我下狠手。

当我逐渐恢复理智，思考清楚这个问题时，已经来不及收手，脚下湿滑的泥土使得我失手将他推下悬崖。

"啊！"他惊声呼救。

我本能地抓住他的手，但我的体力支撑不住他的体重，他的身体在不断下滑。

就在这时，身后出现一阵小跑的声音，一只瘦削却有力的胳膊从我眼前挥过，一把抓住那人的手腕，使劲儿将他拉上悬崖。

"徐晴，你疯了吗？"郑寒微微地喘息，平静的声音里含着一丝愠怒。

那被我推下悬崖的人此刻正瘫坐在地上，惊魂未定。

"社……社长，怎……怎么是你？"我震惊地瞪着眼睛，声音结结巴巴。

何胜男穿着宽大的男款风衣，不合自己体形的肥牛仔裤，还有尖头皮鞋。她甚至裹起了胸，在唇边画上了胡子。如果不细看，任何人都会把何胜男错当男生。

我沉浸在对何胜男不同寻常装扮的惊诧中，而坐在地上的何胜男，比我还要惊诧于眼前的一切。

我循着她的目光看过去，发现她正直直地盯着郑寒的腿。

周遭一片死寂，我只听得见自己急促的呼吸声。

“郑寒，你的腿……”何胜男目光呆滞地喃喃道。

“何胜男，我和你交换秘密吧。”郑寒从容不迫地说了这一句。

Chapter 5

郑寒想让何胜男替他保守的秘密是他双腿健康的事，而何胜男用来交换的秘密则是她喜欢男儿装扮。

何胜男生在偏远山区，家中重男轻女。何胜男的父母想要生男孩，却偏偏生了三个女儿，何胜男最小，也是最能触到她父母敏感神经的一个。从小，何胜男就被当作男孩子养着，别的小女孩抱着洋娃娃，她的身边只有弹弓和玻璃珠。她剪着短发，穿着男孩子的衣裳。甚至连同她的名字，都被赋予了别样的意义，胜男，一定要胜过男生才行。

何胜男从小努力学习，待人友好热情，尽自己所能去帮助他人。如果不这么做，她心中便会产生强烈的愧疚感。她是老师和同学眼里名副其实的三好学生，是邻里交口称赞的道德楷模。

但没人知晓，从小到大，何胜男一直过得压抑痛苦。她越过了所有人，却无法越过自己心底的障碍。这道障碍便是，她已经没有办法再穿裙子，佩戴任何女孩子都喜欢的发饰。她喜欢牛仔裤、球鞋，她的头发永远比男生还短，她羞于面对自己身体的发育。

十几岁的女孩大多敏感，何胜男这样不同寻常的举止引起了她们的注意。于是，她们偷偷议论何胜男一定不喜欢男生，而是喜欢女生。这样的话就像感冒病毒一样，传播速度快得惊人。渐渐地，校园内所有的学生便都知道了这件事，他们用看怪物一样的眼神看何胜男。

“成绩好又怎么样，她就是个变态。”

“头发剪得那么短，不男不女。”

“就是，据说她的好朋友都远离她了呢，谁让她和别人不一样。”

这些流言蜚语传到何胜男耳中，她难受极了。她试图解释，却没有人相信她说的话。后来，她学着不解释、不反驳，任由芒刺在背。就这样，何胜男在大家异样的眼光中完成了高中的学业。

她报考了海角的大学，并不是对这座海角城市充满幻想，而是它离家足够远，远得那些不堪的过去在她的人生中消逝不见。

在新的环境中，她以热情友好的姿态赢得了所有人的喜爱。

她的课业总是满分，她的精力也总是充沛得不可思议。她从不缺席自己专业的必修课，还经常出现在别系学生的专业选修课上。她喜爱摄影高于一切，甚至拿过奖，得到了知名摄影器材商的资助。

就是这样一个优秀而开朗的人，内心却住着一个沉默的男孩。

何胜男将这个秘密藏在心底最不为人知的角落。

在这次社团活动中，她带上了男装，打算趁山中无人时满足一次自己的变装欲望，她已经足够小心翼翼，却没料到居然会被我撞破。

在我看来，喜欢穿男装没什么大不了，甚至我偏执地认为个子高又留着短发的女生，穿男装比穿裙子更有味道。可何胜男的家乡是一个落后的地方，她因为这件事受到过不公正的待遇，所以留下阴影，再也不敢在人前流露出自己的喜好。

Chapter 6

“对不起。”我难为情地向何胜男道歉。

将何胜男错认为杀手，还失手将她推下悬崖。我明白一句“对不起”并不能抵消我的罪过，我也明白郑寒又一次帮了我。如果他没有及时将何胜男救下，后果不堪设想。

我只是想象着最坏的画面，喉咙便一阵干涩，后背冷汗淋漓。

“她从前受过陌生人攻击，而你现在的样子和当初攻击她的人长得太像了。”郑寒三言两语替我解释我的失常。

何胜男的目光掠过我的脸庞，她的眼神惊慌却温柔，对我没有丝毫怪罪的意思。

她真是一个非常善良的人，可以原谅一个刚刚还要置她于死地的人。不像我，谁也不肯原谅。

“我本来只是想察看一下山洞内声音的来源，但走到尽头发现原来别有洞天。刚好雨停，我便出来看看，也许会找到一条下山的近路也说不定。”郑寒淡淡地说道。

他向我解释刚才为什么一走便没了踪影。

“我们是各自下山，还是找到社团其他成员一起下山？”郑寒抬眸扫了一眼这变化多端的云层，问道。

“我这就来联系他们。”何胜男原本还怔怔的，处在出神的状态，思绪一下便被郑寒的话拉了回来。

雨后的空气尤为清新，像一杯浑浊的水，里面的杂质都沉淀下来。原本没有信号的手机，这会儿居然奇迹般地跳成了满格。

何胜男打了几个电话，眉头紧蹙，语气坚定地冲电话那头的人吩咐：“我们到山下集合，对，就是坐缆车的地方。”

“刚才他们问我在哪儿，这地方我也说不上名字，就干脆让他们到山下集合了。我们也下山吧。”她对我和郑寒说。

何胜男说着便往前走，她走路的姿势十分怪异，身体的所有重力都落在右腿上。她没走几步，就一个踉跄，摔倒在地。

“你的左腿受伤了。”郑寒点出这个问题。

何胜男轻抚着自己的腿，一声不吭，不想引起我的自责。她越是这样善解人意，我就越是懊恼。

“我背你下山。”我豪迈地拍了拍胸脯，自己闯下的祸，跪着也要自己承担。

“你吗？”郑寒轻飘飘的一句质问彻底击溃了我。

最后，大家商量出的结果便是，由郑寒背着何胜男，而我推着轮椅，一起由郑寒发现的小径下山。

在这之前，何胜男换下了男装，而我则想起了消失在雨幕中的王想想。

“怎么了？”郑寒轻声问，他察觉了我的不自然。

我刚把“王”这个姓氏念出口，他就知道我要说什么：“不用担心她，她应该已经回去了。”

郑寒的言行举止充斥着一种冷若冰霜的漠然，而这种漠然只有他在面对王想想时才会出现。

我真的很想知道他和王想想之间的事，但我也知道此时此刻，不是最佳时机。

Chapter 7

我们乘坐缆车回到山底时，发现大家已经等待我们多时，其中也包括王想想。

我看着郑寒一副万事了然于胸的表情时，便知道了他并不是抄了一条近路，而是选择了一条除了我们仨之外，绝对不会有第四个人走的路。

我们回到海角市区的第一件事便是将何胜男送去医院，虽然她百般推托着说自己没事，休养几天就好，但我瞧着她的脚踝分明肿得和萝卜一样粗大，走路颤颤巍巍必须靠人扶，于是我连骗带哄硬是将她带到了医院。

何胜男做了好几类检查，最后被告知腿骨骨折，需要打石膏，并且住院观察一星期。我听着医生报的需要缴费的项目，慢慢吞吞地将手伸进口袋，无奈囊中羞涩，搜刮了半天才掏出几十块钱，买一盒药都不够。

郑寒抢先我一步，将银联卡递给收费窗口的工作人员。

“你干什么？”我攥着那薄得可怜的几张纸币，仿佛被人狠狠抽了几个耳光。

郑寒云淡风轻的一个眼神，使得我的脸更红了，火烧火燎的。

交完钱他转身自顾自推着轮椅往电梯的方向去，我却跟在他身后追问：“多少钱啊？你告诉我一下，我以后还你。”

我追着他进了电梯，门被关上的那一刻，郑寒启唇对我说：“这次的事是个意外，我也有责任。”

“我责任更大，毕竟是我推她下悬崖的。你告诉我多少钱，我来承担。”我用力拍着胸脯，这话说得豪气干云。

郑寒宝石蓝的眸子轻扫过我，他漂亮的面容上没有丝毫情绪。他将捏在手中的收据展开，递到我手上。

而那字条上的数字我只看了一眼，便感觉触目惊心了。我咧着嘴，强挤出一丝笑容：“这个……这个……跟你商量件事儿呗。”

他瞧着我，我觍着脸说：“我还是个学生，又家境一般，不像你，你是有钱人家的少爷。所以……所以……”没有哪一刻，比现在更让我觉得说话这种行为很羞耻。

“你真的不用勉强……”郑寒微微皱起眉头。

“好了，这事说定了，我会还你的，你等着！”前一秒，我还打算与郑寒平摊医药费。可后一秒，我被他蹙眉的动作激起了我那可怜又可悲的自尊心。于是我决定打碎牙齿和血往肚子里吞，我不想被郑寒看不起，也不要接受他的施舍。

电梯上行，我的心却在下降。死鸭子嘴硬的感觉一点儿都不轻松，相反还很难受。

第八章

不能说的秘密

Chapter 1

我蜷缩在床上，手里握着手机，维持着这个姿势已超过半个小时。

手机屏幕亮着光的地方，显示着爸爸的通信方式。我用手指摩挲着键盘很久，却还是不敢打出去。

徐晴，你已经是一个大人了，必须学会用成年人的方法解决问题。自己犯下的错，为什么要他人买单呢？我对自己的犹豫感到失望，终于还是翻身起床开了电脑，点开了大学生兼职的网页。

传单派发员、超市收银员、家庭教师、清洁工……我在一堆五花八门的兼职里挑选了超市收银员这样一份工作。只有这份工作既不与我上课的时间冲突，又算不上辛苦。

“四个小时五十块，我工作两个月就可以还郑寒钱了。”我掐着指头算完这笔账，望着天花板，长呼出一口气。

从发送简历到面试再到被通知上班的过程十分顺利。我每日站在收银台前努力工作，当天下班后从店长手中接过一天的工资，再穿行于夜色中赶在宵禁前回到宿舍。手中那薄薄的一沓钱居然让我生出一种安全感与满足感。

我沉浸在自己终于像个大人一样生活的喜悦里，直到周六晚上，这种喜悦才被彻底打碎。

临近下班时，超市内步入了一名头戴棒球帽的中年男子，他进店后将帽檐压得低低的，阴影遮挡住他的脸部。我在监视器内看到他行踪鬼鬼祟祟，在超市绕了好几圈后只拿了一瓶矿泉水过来结账。

“两块钱。”我说。

他从口袋里掏出一张崭新的一百元递给我，不耐烦地催促我：“你快一些。”

“请稍等。”我将这张纸币放入验钞机。

就在验钞机显示这张一百块为假钞时，男子抓起矿泉水瓶，咒骂了我一句，迅速跑出超市，消失在了夜幕里。

上班已经一个星期，我从来没有遇过这样的事情，脑袋还有些发蒙。超市打烊清点现金时，我一直在犯错，幸好领班并没有责备我，反而宽慰了我几句：“今晚的事情不要放在心上，这个世界上总是什么人都有的。”

我领完今天的工资，独自返校。夜风微凉，昏黄的街灯照着纵横交错的街道。我来往的这条路，穿过的车辆和行人都很少，所以看上去有些寂寥，和我的心情倒是相配。

走着走着，我被不知从哪里滚出的一块石头绊倒。

我还没来得及爬起身，突然有人从身后抓住我的两条腿，像拖行一块没有生命的木头般，将我猛拽进街边小巷。

我不顾腿上和肚子上被石子路磕出的伤口拼命挣扎，下意识想要尽快逃走。

“你往哪里逃？我非要给你点儿颜色瞧瞧。”身后的人一开口，我便听出是刚才给假钞并咒骂我的男人。他靠近我，禁锢住我的肩膀，全身散发着酒气，危险的气息向我不断靠拢。

我一边挣扎大喊，一边使出全身的力气踹他。

他醉醺醺的，站也站不稳，空有一身蛮力：“我今天非要教训教训你！”他将帽子往地上一甩，拼命朝我扑过来。

“那就要看看你有没有这个本事了。”巷子入口亮起一丝微光，一道清冷的声音如利剑出鞘般传来。

“谁？谁在说话？”男人慌张地往巷子入口瞧，一道手电筒的强光照过来，他下意识地用手遮住眼睛，膝盖却被前方一股力量撞上，瞬间跪倒在地。

我顺着光亮，看到手电筒背后的人，不是郑寒还能是谁？他一手插着裤袋，一手拿着手电筒，蓝宝石一样的眼睛里，此刻镀着一层寒意。

“还不走吗？”他对男人说。

男人吃痛，一句话没说，抱头从巷口逃离。

月光投射在小巷里，只剩下了我们两个人。

“这么晚了，一个女孩子在外面很危险。”他语气中听不出关心，但也没有责备的意思。

“反正我每次遇到危险，你都会出现。”我耸了耸肩。

“我只是路过。”郑寒说。

“是吗？九年前，你恰好从甲板上路过，跳下海救了我。九年后，有杀手跟踪我、追杀我，你恰好路过，救了我。今天你又是路过。”我微仰着脖子，直视着他。

“以后这么晚就不要出门了，我不会每次都在。”郑寒皱着眉头。

他的话，是在间接承认他到过我的家乡，保护过我吗？我的心脏剧烈跳动着。

“可我要赚钱。”我倔强地回他。

郑寒望着我，淡淡地说：“我不需要你真的将钱还给我。”

“你不需要，但我一定得这么做，这关乎我的自尊。”我咬着牙，坦白道。

因为你的家人，我和我的家人深陷地狱。又因为你，我才能逃离地狱。我讨厌你，却又喜欢你。越要退出你的生命，却越不自觉地向你靠近。就是如此，我才不想欠你。

郑寒的目光似乎要将我看穿，最后他耸了耸肩佯装轻松道：“那就随便你。”

他看了一眼腕上的手表，又在催促我返校。我转身的一刻，他突然说：“如果明天有空的话……”

“什么？”

“我们一起去看望何胜男吧。”

Chapter 2

次日，我和郑寒在住院部门外会面。

一名男生恭谨地站在他身后，他坐着轮椅，双手交叉放在腿上。我走过去，男生向我们道别，然后由我推着轮椅，与郑寒一起进入住院部的电梯内。

而这样自然的氛围在抵达何胜男所在的病房后，全都变了味。

病房内安静得出奇，我与郑寒对视了一秒后，轻推开房门。

一名中年男子站在病床前，鬓角微秃，两眼深陷。而何胜男坐在床上，一言不发，像在和谁赌气，我已经猜到了这名男子的身份。

我往后退了两步，却不小心撞到门，发出“哐当”的声音。中年男子和何胜男同时看过来，何胜男眼底盛满担忧，而那名男子望着郑寒，再望向我，眼底的神色由不解变成愤怒。

“是你吧？听说就是你推我女儿的是不是？”男子走过来，夹带着方言的口音，对着我喝道。

“徐晴，快走！”何胜男对我喊。

我望着她，又望着她爸爸，脚下像生了根似的，一步也走不动。

“走？往哪里走？你跟我去学校！我女儿的身体受伤，课业也耽误了，谁来赔偿？我非要讨个说法！”他一脚将门堵住，又抓着我的胳膊往门外拖。

何胜男有些着急，却无奈腿上打了石膏，下不了床。

我吓得脑中一片空白。就在这时，郑寒握住何父的手臂，语气疏离又客气道：“请放手，有话好好说。”

“你又是谁？别多管闲事！我今天非拉着这个女孩子去学校找领导理论！”何父一把甩开郑寒的手，抓住了我的肩，他的力气很大，仿佛要撕碎我一般。我吃痛地叫出声，拼命挣脱。

“需要赔偿多少钱，你直接告诉我。但如果你再这样东拉西扯，我就不客气了。”郑寒将他的手拨开，语气里俨然带上了警告的意味。

“爸爸，你就不要为难他们了。都说了，是我自己不小心。”何胜男捶着床铺，心急地说道。

何父充耳不闻，近距离盯着郑寒，脸上忽然现出奇怪的笑容，让人背脊发凉。

“钱要赔，但我还是要去学校。小姑娘，你领路吧。”他直起腰身，打开了门。

医院药水的刺鼻气息混着走廊的风，瞬间就让我清醒了。我望向郑寒，郑寒冲我点了点头。

“好，我带你去。”我走在最前面，何父跟着我，而郑寒推着椅轮，走在最后面。有时我会想，是否正因为郑寒这么多年一直假装患有腿疾，坐着轮椅，才练就了那么大的手劲，任何人在他面前，似乎都能轻而易举被制服。

只要他在我身边，我就能面对一切。

Chapter 3

当我将何父领到系主任面前时，我才得知他的意图。郑寒的钱他照单全收，但他还想从学校再要一份赔偿。

“我既然将孩子交给了学校，学校就有责任照顾好孩子。”何父情绪激动地叩击办公室的桌子。

“您的孩子是大学生，并不是中学生。作为成年人，她有照顾自己的能力。发生了这样的事，我们深感遗憾，但校方并没有责任承担一切损失。如果您非要追责，责任人已经站在这里了，你们可以私了。”系主任带着职业性的微笑，儒雅的镜片后是一双闪着精光的眼睛，轻松几句话便将责任推卸完毕。

何父道理讲不过系主任，怒火冲天间，骤然望向不知所措的我。我顿时感觉自己身处绝境，已经无处可逃。

“我要找到你的家人，必须让他们给我一个说法！”他说。

最害怕的场面终于还是降临了，如果一开始我知道自己犯了错，第一时间便躲到爸爸的身后，那么我何必辛苦找工作？更不会遇到对我进行人身攻击的醉酒男人。我不想让爸爸知道这件事，我也不能让他知道。

我望向郑寒，用眼神向他求助，可向来无所不能的他，却也只能轻轻摇头，仿佛在告诉我这件事不在他的能力范围内。

爸爸是坐着火车连夜赶来学校的。我不知道他是因为火车上人声嘈杂，还是因为忧虑我的事情而一夜未眠，他整个人看上去非常憔悴。

“对不起，很抱歉。”爸爸鞠着躬，向何父低声下气地道歉。

何父从鼻孔里哼了一声，并未理睬。

我顿时心酸不已，爸爸再不济，也是为人师表，什么时候受过这样的冷遇。

“您开个价，医疗费、精神损失费、营养费我都会赔偿，只是希望您不要再为难我的女儿，毕竟她也要读书上课。”爸爸态度谦卑地说道。

我鼻子一酸，险些哭了出来。

听到“钱”这个重要字眼，何父眉开眼笑，报出了一个早就想好的数字。爸爸听到这个数字，愣了一下，疲惫地开口说：“好。”

这简直就是敲诈，是勒索。但爸爸并没有多说什么，甚至一早就准备好了现金，一张一张数给何父。

“这件事就这么算了，我也不计较了，但我女儿往后要是留下什么后遗症，你们还得负责给她治疗。”何父指着我们，气焰嚣张。

“好。”爸爸依旧是那样温和谦卑。

何父摔门走后，爸爸这才望向我，眼中平静无波，他轻轻拍了拍我的肩：“走，我们找个地方好好聊聊。”

我们一起去了校外的一家甜品店，我给爸爸点了一份奶昔。

他却将奶昔推给我：“我一向不爱吃甜的。”

我以为他要数落我，最起码也应该有几句责备。可他居然什么都没问，也什么都没说，只是关切地问我：“在学校过得还好吗？海边的夏天是不是凉快一些？”

“我还好，海角的夏天很凉快，家里呢？”我反问。

“都还好，对了，小恺现在搬来我们家住了，就住你原先的房间，你不会介意吧？”爸爸说到这里时，神色突然有些不自然，他心底知道，我是介意的。可他也抱着期望，期望他原谅我的过错后，我不会再去追究他自作主张的决定。

只可惜我对他的诸多愧疚，都不能与佟恺住进我的家我的房间这件事相抵消。

“不，我介意。”我斩钉截铁地回道。

“他只是暂时住你的房间，我们家在装修，会给他隔一间卧室出来的。”爸爸向我解释道。

“他是要永久住在我们家吗？他是要正式成为我们家的成员了吗？不！我不能接受！”我蓦地站起来，带倒了椅子，小店内的所有人都望着我们这对父女。

爸爸低着头，沉默地喝着水。

“爸爸！你把他赶走吧！他不是一直在奶奶家住得很好吗？我不想放假回家看到他！”我心里觉得佟恺这个说话尖酸刻薄的少年和我八字不和。我甚至偏执地认为，我所遇到的很多不好的往事，也都和他相关。

我对他再也没有同情，只有满心的厌恶和抵触。

“小晴。”爸爸似乎是下定了决心，他沉着的语气让我生出了不好的预感。

“我曾经答应过那位警察，要照顾好他的儿子。我不能不守承诺，小晴，你要懂事一些。”爸爸说。

他道出“懂事”这个词时，用焦虑的眼神看着我。我心中如同打翻了五味瓶，特别不是滋味儿。爸爸是在嫌弃我不懂事吗？

落在我身上的这些苦难，难道不是他当初的一念之差带来的吗？这些年，我感念他和妈妈对我的好，所以许多事我宁愿选择自己承担，也不告诉他们一分一毫，怕他们担忧。何胜男受伤这件事，如果不是她父亲胡搅蛮缠，我也一定可以处理好，不让他们知道。原来我做了这么多，仅仅在佟恺这件事上不肯相让，便是不懂事了。

我满心的委屈，眼泪滑出眼眶，猛地吸了吸鼻子，问爸爸：“您来只是告诉我这件事，根本不是和我商量，我同意或者不同意，佟恺都会住进我们家对吗？”

“对。”爸爸只简短地答了一个字。

“那还问我做什么呢？我的意见重要吗？反正在你们眼里，我就是个不懂事的小女孩，一直都是！”在哭腔要漫过我话语的一刹那，我转身跑出了小店。

从以前到现在，根本没有人站在我的角度看待问题，从来都没有。

Chapter 4

我和爸爸不欢而散，红着眼睛回宿舍时，舍友刚好都在。我红着眼睛跑进跑出，这已经不是第一次。她们大概早就习惯了，在她们眼里，我大概就是一个脆弱敏感又不合群的人吧。

王想想递给我一包纸巾，轻声问："又跟爸爸闹别扭了吧？"

"嗯。"我沮丧地放弃抵抗她探寻的目光。

王想想在我心中，已然是一个神算子，她说的话通常都对，她也时常神出鬼没。我并不喜欢她，可我又离不开这样一个朋友。

我往床铺上一趴，感觉头沉重得就要穿过床，直直往地板上砸去。

梦里，我梦到了许多场景，圆脸的男人用枪指着我的头，我被丢进冰冷寂静的海里，这些孤苦绝望的画面被无限放大，我在梦里难受地哭了，忽醒忽睡。

真正醒来是因为郑寒打了一通电话给我，我被手机铃声吵醒，却没有接。他便又发了条短信过来，关心我的现状，我只是回复他：我要去上班了。

我走到超市门外时，一眼便瞧见郑寒在那里等我，看起来像静坐了许久。

"我帮你辞职了。"他说。

"你为什么自作主张？"我别过头，冷声问。

"既然你爸爸已经还清了所有的钱，你就无须再打工了。"他的声音此刻听起来真像心电图上的那条直线，不近人情极了。

"我下定决心做的事情，就必须做到底。"我坚定道。

"徐晴，我只是不想看你太累。"他的声音忽然柔软，就这样冷不丁地砸进我的耳朵里。

我沉默着，站在店外的台阶上，进也不是，退也不是。

人来人往中，郑寒拉住我的衣袖，指尖在我衣袖口上轻轻摩挲。他开口说："我并不能每时每刻都陪在你身边，如果下一次你再遇到危险而恰好我不在，不知会是怎样的结果。"

"我会照顾好自己的。"我抬头，生硬地回道，内心却已然动摇。

他忽然叹了声气，手随着眼眸垂落，将轮椅转了一个圈儿，背对着我道："有些事，我不告诉你，是为你好。如果你知道了真相，也许会承受不了。"

事到如今，还有什么事情是我承受不了的呢？我苦笑着摇头，并不听劝，打算继续着我早出晚归的打工之路。

郑寒唤住我，转身的同时从口袋里掏出一条细细的链子，链子的下方悬着口琴，我记得它，那是郑寒坐在泳池边吹过的口琴。

他将它塞进我手中，低声说："你将它挂在脖子上。如果遇到歹徒，按住口琴右下方凸出的小圆点，这个口琴会变成一把匕首，你可以用于自卫。如果遇到从前跟踪你的杀手，他看到这个口琴，也许会放你一条生路。"

我按住那个小圆点，手中的口琴，那原本可以奏出美妙音符的吹孔处，瞬间弹出一个锋利的刀片，寒气逼人。原来美丽的事物，也可以瞬间要了人的性命。

"郑寒，你和那个想要除掉我的男人，是认识的对不对？"我颤抖着声音问。

郑寒没有说话，他此刻的沉默，在我看来就是默认。

"原来那一天真的是你，他尾随我到我的家乡，看到我落单便想下手。你突然出现，他便放弃了那次行动。"我一边说一边后退，一不留神，踩空了台阶，摔倒在地。

郑寒见状，紧张得似乎要奔过来扶我，可在围观群众的注目下，他只是双手紧攥着扶手，并没有站起来，更没有过来扶我。

扶起我的是一个路人。

我连声谢谢都没道，起身后就跌跌撞撞地离开了。

为什么你明明知道是谁要害我，却可以容忍他躲在我身边的某个角落伺机而动？九年前和九年后，都是你救了我，可你也是帮凶。

第九章

逃离海角之城

Chapter 1

郑寒打了十多个电话给我，在电话铃声第十九次响起时，我终于接起。

原本以为他会为自己辩解，结果他只是淡淡地说了句："你的狗生病了，你来将它领回去吧。"

我这才想起莫贝贝，莫司林离开后，我便将它交给郑星抚养。是郑星对它不好吗？还是小家伙思念主人了？我为此颇为伤神。

郑寒说完这句话后就挂了电话，我听着"嘟嘟"声有些失神。

我离开他，他只是淡漠地说"我不会去追你"，我给他机会解释，他却只字未言。我手里攥着他送我的口琴，送到唇边，不自觉地吹出了他曾吹过的曲子。可惜我只听过一段，记了一点点。音乐消失时，我的内心被苦涩填得满满的。

下午，我沿着弯弯曲曲的海岸线，去了我曾经向往好奇，如今却格外抗拒的古堡。山路依然是那条山路，我的心境却已经全然不同。

我没有见到郑寒，倒是进门后看到郑星站在香樟树下等我，他穿着休闲短袖T恤和短裤，苍绿茂盛的枝叶遮住了烈日，也遮住了他的脸庞。

"好久不见。"他从树荫下走出来，面带微笑地牵着贝贝。

我挤出一抹笑容，点点头，随后蹲下来，低声唤道："贝贝。"

莫贝贝听到我的声音，由原先的安静变得狂躁起来。它挣脱开链子，跳进我怀中，舔着我的脖子。

"它怎么病了？"我边抚摸着它的头，边问郑星。

"前几天吃坏了东西腹泻，已经好了。你将它带回去吧。"郑星缓缓说道。

我抚摸的动作停在贝贝的头顶，半晌才道："这里也已经容不下它了是吗？"

"它总是挣脱绳索乱跑，爸爸是有洁癖的人，不喜欢地上到处是狗毛。所以……"郑星顿了顿道，"很抱歉。"

"没事儿，已经很感谢你了，替我照顾莫司林的狗这么久，我现在就带走它。"我吸了吸鼻子，给贝贝系好狗链，牵着它打算就此离开。

"徐晴。"郑星突然喊了我一声。

我站在原地，他走近我，双目探寻似的紧盯着我的脖子。我低头一看，脖子上挂着郑寒送的口琴，它正在烈日的折射下，散发出金属特有的光芒。

他伸出手，用指尖摩挲着口琴发亮的金属外壳，唇角漾起一抹奇异的笑容。

“徐晴，祝你好运。”他暗哑的嗓音在我耳边响起，我还没来得及回味这句话的深意，便被从古堡二楼窗户砸下来的瓶子吓了一跳。

莫贝贝对瓶类的物件儿一直颇具好感，它的注意力被吸引，跑过去用爪子推着瓶子，自娱自乐。

我将目光从贝贝身上收回，再望向郑星时，发现他唇边的笑意更浓了。

“你快下山吧，有人不愿意看我和你靠得近。”他说。

我向他道别后，转身的那一刻，又听到郑星在自言自语：“如果真的问心无愧，为什么一开始要让我假装你呢？”

我把贝贝抱起来，加快脚步，离开了这让我心绪混乱的是非之地。

Chapter 2

虽然莫贝贝病过一场，但它的体重不减反增。我抱着它，只是走出了古堡，便已然气喘吁吁。我一把它放到地上，它便躲进了草丛中，要与我玩捉迷藏。

此时此刻，我并没有任何兴致与它玩游戏，我一遍遍拨打着电话，想确认之前联系过的一家宠物收留站的详细地址。

“贝贝，真是对不起，你又得适应新环境了。不过在那里，你不会孤单，你会认识很多新朋友，也再不会有人嫌弃你的活泼给他造成困扰了。”我挠着它的下巴，想通过这种方式取悦它，也希望它能听得懂我说的话。

我打了一辆出租车前往宠物收留站，抵达目的地时，我刚推开车门，它就撒了丫子狂奔。

“贝贝，回来！”我以为它是在狭窄的空间内闷久了，想释放，可很快我便发觉出了不对劲。

莫贝贝虽然活泼调皮，但还是听话的。最起码，它的奔跑起跳总在我的视线范围内进行。而这一次，它直奔着一个方向而去，目的相当明确。贝贝从前来过这里吗？我很怀疑。

我将车钱给了司机，然后追着贝贝的方向跑去。

这里属于旧城区，老旧低矮的瓦房和错综交缠的电线连成一片，阴森晦暗的氛围让我感觉很不舒服。

“贝贝，回来！我们去新家啦，你不要乱跑！”我费尽全力也跑不过它，被它远远甩在身后。

贝贝似乎听懂了我的话，它停下来转过头望着我，尾巴摇得飞快。

等我追上前，它又疯了一般朝更远的前方跑去。我心中一惊，隐隐有一种预感，它似乎在指引着我行走。

但贝贝，你要去的地方究竟是哪里？你曾经来过这里，还是你嗅到了什么气味？能让你兴奋成这样的气味，一定是熟人身上散发出来的。可你的熟人，除了已离开的莫司林和我，还有谁呢？

难道……

我跟着它，从老街到小巷，最后拐进了一条死胡同。我对这样狭窄又无人的巷子充满了恐惧，我向贝贝招手：“贝贝，听话，我们走了，这里没什么好玩的。”

贝贝喉咙里发出类似撒娇的呜咽声，并不听我的召唤。

“贝贝。”我走过去，试图将它抱起。

我蹲下来，却看到地上除了我和贝贝外，还有一道阴影，那是一个成年人的影子。

“谁？”我迅速站起转身。

头一阵晕眩，眼前掠过一道黑影，等我站稳又用力眨了眨眼后，那道黑影就消失了。难道是我眼花？不，不可能！

“谁？给我出来！”我一手握着拳，一手攥紧脖子上的口琴，好像这样就可以带给我不惧怕一切的力量。但事实上，我还是害怕得身体颤抖。

我在原地缓缓转了一圈，太阳的光线刺得我睁不开眼。

当我正对贝贝时，地上又多出了一道影子。与此同时，身后响起一道阴戾的声音：“这次你是真的逃不掉了。”

我一动不动，看到身后那道影子拿着枪抵住我的头。

我艰难地咽了咽口水。这一次，郑寒还会出现吗？他已经对我失望了、生气了，他还会和以前一样躲在暗处，护我周全吗？人生中那么多次的落单，每一次都幸运地死里逃生。这一次，我恐怕真如那男人所说，在劫难逃了。

“如果遇到杀手，给他看这个口琴，他应该会放你一条生路。”我的脑海中蓦地浮现出郑寒说的这句话。

我剧烈颤抖的手紧紧攥着口琴，用力一拽，将它从脖子上拽下来。

“在你杀我之前，我想你应该看看这个。”我放下链子，那个漂亮的漆色口琴在阳光下闪闪发光。

圆脸男人用枪抵着我的头的动作松懈了许多，他望着那个口琴，有些迟疑。

我依旧不敢轻举妄动。口琴可以在瞬间变成匕首，但匕首一定没有枪快。

我缓缓吐着气，努力使自己镇定，安静等待着奇迹出现的那一秒，也许他会放下枪让我走。

而就在这时，刚刚一直沉默着的贝贝忽然狂吠起来，男人扣起扳机，将枪口对准贝贝，“砰”一枪，击中贝贝的腿。

“不！”我惊呼出声，不顾一切奔向贝贝，想保护它。

男人又是一枪，击中贝贝的肚子，贝贝惨叫了一声后，疯了一般扑向男人，以压倒性的姿势将男人扑到地上，男人放了几声空枪后，和贝贝扭打到一起，浑身是血的贝贝在尽自己最大的力气撕咬他。

我吓得腿发软，但这一刻，我知道我必须振作。我要找人来抓住这个男人，抓住这个让我夜不能寐、情绪崩溃的家伙，我还要救莫贝贝。

我猛地抹了一把血红的眼睛，头也不回地跑出了巷子，看到有路人出没，便扯着嗓子喊：“救命，救命！”

几名男女听到我的呼唤，纷纷停下脚步，我把我的遭遇三言两语陈述给他们听，他们极其惊讶，跟着我快步走向那条小巷。

越是靠近那条巷子，空气越是寂静得不像话，我的心跳声有如擂鼓。

眼前的景象我始料未及，贝贝倒在血泊中，攻击我的那个圆脸男人已不见踪影。

我跌跌撞撞地跑过去，抱起贝贝，它已经没了呼吸，身体的余热正在一点点消散。我在那一刹那间想起莫司林的模样，眼泪“啪嗒啪嗒”直往下掉。

莫扎特，对不起，我没能保护好贝贝。

有人报了警，警察在很短的时间内赶到现场，带走了我和贝贝。我坐在警局里泪眼蒙眬，说不清前因后果。另一边，警察在贝贝身上比对弹孔，作为立案证据。

Chapter 3

我抱着贝贝出了警局，站在台阶上望着星辰的那一刻，竟有些眩晕。

“贝贝，我带你回家。”可是家在哪里呢？已经没有家了啊。

我抱着它，一步一步走着，不知疲惫。

最后我决定将它葬在海边，毕竟贝贝曾在那里与它的主人度过一段美好的时光。我还记得那时候，莫司林赤着脚走在沙滩上，他喊着贝贝的名字，朝它抛出飞盘，贝贝兴奋得直摇尾巴，跳起身去接飞盘，然后奔至莫司林面前邀宠。莫司林蹲下身，抚摸着它的头，贝贝发出撒娇的声音。我站在不远处望着他们，凉凉的海水没过我的脚踝，莫司林偏过头，朝我露出微笑，一切美好极了。

这一切，究竟是从什么时候开始变的呢？记忆中，湛蓝的海水开始变得血腥，他们都离开我了，而海水就快要淹没我了。

我走到山脚下时才猛然发觉，我什么工具都没有带。于是，我捡了一块尖锐的石头，徒手挖坑。

一分钟、两分钟……一个小时、两个小时……直到自己筋疲力尽，满手泥垢，伤痕累累，才算挖出一个可以埋葬贝贝的浅坑。

“对不起，贝贝，你先将就一晚，我明天就带着工具来，让你长眠地下时睡得舒服一些。”我哽咽着，双手托着贝贝的身体，将它放入坑中，然后用土掩埋。

做完这件事后，我又找了一些杂草和树枝堆在周围，留一个记号，方便我明日来时找到贝贝的墓地。

第二天一大早，同宿舍的女生们还在睡梦中时，我便向宿管阿姨借了小铲子，一路奔到海边的山脚下。可当我抵达那里时，却找不到那个微微隆起的小土包，甚至昨天晚上做的记号也都没了。

“怎么可能呢？”我有些急了。

不放过每一块地皮、每一处细枝末节，附近几百米内我都找遍了，可愣是没有找到贝贝的墓地。

我满头大汗，叉着腰抚着那棵柳树，开始怀疑自己的记忆。

想着想着，我低头往下看，忽然发现脚下的土壤很平整，不像周边的泥土一样不成形。我心下一动，难道有人动过了这里的土壤，并且将贝贝带走了？

这是目前最有可能发生的事情，可谁会这样做呢？

找不到贝贝，我的心情跌落至谷底，夹杂着的悲痛情绪翻涌而来。贝贝因我而亡，我却让它不能安眠。

手里的铲子顺势滑落，落在石子上，发出“咚”的一声闷响。

草丛里突然发出窸窸窣窣的异响，我愣住，随后又大着胆子走过去，没看到人，甚至连一只小动物也没见着。

我蹑手蹑脚又往前走了几步，看到一片荒地，那里长着一人多高的杂草。我拨开杂草，看到了一块方形的墓地，墓地前还竖着一块木碑。

再走近几步，我看到木碑上居然写着贝贝的名字，以及它的出生时间和死亡时间。墓地四周还摆放着玩偶、飞盘以及火腿肠等贝贝生前爱玩爱吃的东西。

我错愕得倒退几步。

如果不是关系亲密的主人，怎么可能如此了解贝贝的喜好？

“莫司林，你给我出来！你根本没走是不是？是你将贝贝重新安葬了对不对？”我喊道。

但四周静谧无声。

“莫司林，你给我滚出来！我知道你就在这里！你给我出来！”我吼得声音嘶哑，泪落两行。

一阵风吹过，杂草和枯枝你推我搡，发出“哗哗哗”的声响，像一种嘲笑。

莫司林，你心中是怪我的吧？所以才不肯出来见我对不对？

Chapter 4

我回到学校，学生们已经陆陆续续起床，我不管不顾地跑到男生宿舍楼下，厚着脸皮要往里闯。

宿管阿姨拦着我，进出的男生们边打趣边围观。终于在我将事情闹大之前，莫司林曾经的室友在一群人的哄闹声中跑出来见我，红着脸将我拉到一边。

“你老实告诉我，莫司林是不是还在海角？”我激动地问。

“你在说什么？”他一脸茫然，“海关那儿只有他出国的记录，并没有回国的。”男生说。

我后退了一步，像被浇了一盆凉水般冷静下来。

“莫司林的东西还有留着的吗？我想看看。”我抬头问男生，想知道除了贝贝，还有没有别的什么可以让我当作留念。

“你来晚了，他的东西前些天全都被他妈妈拿走了。”男生耸了耸肩。

为什么莫司林离开这么久了，他的妈妈才来海角拿走他的东西？

男生从我惊讶的表情中看出了我在想什么，他叹了一口气，低声道：“莫司林的脾气很怪，他和大家关系都不太好，据说和家里人也不太联系。如果他家人早些来，他的狗也就不会逼不得已塞给你了。”

我沉默着，感觉很难堪。

男生的双眼忽然一亮：“对了，他有一个本子在我这里，我去拿给你看看。”

他跑上楼，不过几分钟工夫，再回到我面前时，手上捏着一个掉了皮的旧笔记本。只消一眼，我便知道那一定是莫司林的私物，他最喜欢简约又有质感的物品。虽然那本子已经看不出昔日风采了。

“谢谢，真的很感谢。”我抱着本子，真诚地向男生道谢。

男生望着四周投来的各色看戏的目光，有些尴尬，摆了摆手，对我说：“没什么事的话，我上楼了，你以后别再来找我了。”

我目送他离开后，便随手翻开了破旧的笔记本，里面记录的内容很杂乱，有涂涂改改的五线乐谱，有日程安排，甚至有……

我看到了一个关键人名，郑星。

就算我无意间知道了一些他的事，可那与我有什么关系？我既不会说出去，又不会拿这件事威胁他。可为什么郑星就是不肯放过我呢？我在哪里，他便在哪里。我参加什么比赛，他便也参加。那些比赛对他来说毫无意义，他就是要向我施压。

我将笔记本拿得离双眼近了又近，几乎要贴到本子上去。那些清秀的字体似乎活了，它们仿佛急于要告诉我一个秘密。

我脑子发涨，眼睛充血，世界都变得模糊起来。可郑星的脸恍若就在眼前，温柔却阴鸷的脸，那么清晰。

郑星骗了我，他和莫司林的离开，终究是有关系的。

Chapter 5

我在寝室中，细细看完了整本笔记本，像一名侦探一样，用紫光灯照射着上面的每一个字，然而除了那一段，再也没发现别的有价值的文字。我躺在床上，反复思考着郑寒没有说出口的秘密，与莫司林无意间知道的真相是不是同一个。辗转反侧到天明时，我接到一个电话，警察说捉到了那天在巷子里袭击我的圆脸男人，让我去派出所认人。

我迅速穿好衣服，乘坐早班车来到了派出所。警察领着我穿过一道长长的走廊，来到羁押室。来的路上我还未觉得多紧张，可是越靠近那扇铁门，我的心就越是乱跳得不像话。那张脸，是我所有噩梦的源泉。

警察觉察到我的怯意，善意地拍了拍我的肩膀："别怕，被关着呢。"

我踏进房间的那一瞬间，与袭击过我多次的男人四目相对。

"是他，就是他！"我的情绪有些激动起来。

"慢慢说，当时他是怎样袭击你的？"警察问。

"用枪，他用枪指着我。"我模拟着圆脸男人当时的动作，回忆很痛苦，但我不得不强迫自己记起所有的细节。

"当时你的狗跳起来扑倒他时，咬伤了他哪里？"警察接着问。

"咬伤了，咬伤了……"我拼命回忆，可那时的我处在一种极度恐惧与混乱的状态中，我只看到他与贝贝纠缠在一起，根本就没留意贝贝咬伤了他哪里。

我抬起头，再一次望向那男人。他穿着长衣长裤，根本看不出哪里受了伤。他此刻正用一双阴戾的眼睛看着我，嘴唇似笑非笑，仿佛在嘲讽我。

警察停下了手中记录的笔，所有人都看着我。

"我不记得了！"我抱着头，越是急切，就越是想不起来任何细节。

"如果你不能准确说出来的话，那么控诉他杀人未遂的罪名可能就无法……"警察的话还未说完，铁门"吱呀"一声被推开。

"我可以作为人证指控那名男子，他尾随这个女孩子已经很久了，蓄意谋杀未遂，狗咬伤的是他的左臂。"说话的是一名中年女人，她中等身材，脸庞略瘦，眼神秀气而明亮，长相有些眼熟，但我分明没见过。

陪同她的警察介绍了她的身份，说她当日在案发现场，目睹了一切，特地赶来做人证，也愿意出庭指证罪犯。

这时圆脸男人显得有些激动，想挣脱手铐，却被身边的警察强行按住，动弹不得。他充血的双眼怒瞪着中年女子，十分骇人。可中年女子神色淡然，冷静地注视着那男人，没有露出一丝怯意，我对她的勇气心生敬意。

“那么，请跟我来。”一名警察起身，将女子引向走廊中的另一间房间，要为她单独做笔录。

我在指认了罪犯后，被警察护送着出了派出所。清晨的微风慢慢消失，炙热的阳光照得整片大地都安静了。

我并没有返校，而是站在派出所门口，直到那名中年女子出现。她看到我，并不惊讶，朝我微微点头，然后便径直往前走。我很快追了上去，拦住她的去路，结结巴巴地问：“对不起，我想问一下，您……您为什么要帮我？您一直跟着我吗？”

她停下脚步，轻声回道：“你好，我是莫司林的母亲。我来海角，是为了带走他的东西。听说他养的狗，是你在照看，所以便一直想找个机会跟你聊聊，谁知道我们第一次对话竟然是在这样的场景下。”

她的目光沉冷，语气淡漠得竟没有一丝感情。我忽然想起莫司林室友的话，莫司林离开后长达好几个月，都不见他的家人出现，所以他才会将莫贝贝托付给我。我那时候总觉得这其中一定是有什么误会，就算不是亲生的，也不至于如此冷漠。就像妈妈明明知道我不是她亲生的，还是疼爱了我这么多年。

“您……”我有许多话想问，却怎么也问不出口了，在她沉冷的目光里，我底气全无，仿佛无论问什么，都像在刺探我不该知道的东西。

“谢谢您能来为我做证。”我弯了弯腰，最终只是说出了这句感谢的话。

“我只是做了我该做的。”这次，她露出了微笑，但态度还是那样疏离。

“贝贝……”我启唇，话里的意味却戛然而止。

“是我安葬的。”她说。

我攥着衣角，再也说不出别的，她向我道别，身影渐行渐远。

贝贝安葬之事的谜底揭晓，一直跟踪我的坏人也已服法，我抬头望着海角干净的蓝天白云，原本以为自己会一身轻松，却不料内心还是沉重。

Chapter 6

这几天，警察联系了我好几次，有时甚至是在我上课的时候。

案件的侦破工作在有条不紊地进行中，只是那男人的嘴够硬，无论采用什么方式，他一句有用的话也没吐出来。

而就在警察刚对外发出通缉令的时候，派出所传来一个坏消息——那男人服毒自尽了，毒药就藏在自己空洞的后槽牙中。

我听到这个消息时，并没有多惊讶。他那样的亡命徒，一旦被抓，宁愿自尽也不会把背后的事情讲出来吧。

警察们很沮丧，整个案件到现在已经变成了一个无头案。所有人都白忙了一场。

我的生活回归了平静。我像个隐形人一样穿梭于课堂与寝室之间，两点一线。可一直捆绑在我身上的那种疲惫感越发深重，我开始怀疑我是否适合生活在这里。

天气越来越闷热，在没有空调的老教室里，缺课的人很多。

我很少碰见郑寒，就算偶尔相遇，我们也不说话。他在别人的陪伴下，目空一切地端坐着，而我则低着头，从他身边匆匆走过。

这一天，是初夏以来最热的一天。中国古代史的大课上，少数来听课的人也因为天气的闷热，而坐在后排昏昏欲睡。我的脑袋也昏昏沉沉，却因为坐在前排而必须睁大眼睛，保持清醒。

付教授戴着老花镜，颤颤巍巍讲了两节课后，突然宣布了一个爆炸性的消息，将所有人的瞌睡都赶跑了。

“我会从我们系里挑出三四名尖子生，下学期，这几名被挑出的学生会作为交换生，飞去R国的洛桑大学进行交流。”

他的话音刚落，教室内便嘈杂起来。

郑氏兄弟有一半R国血统，刚接触他们俩时，因为他们身上的某些特质过分美好，我便爱屋及乌，对R国这个国家充满了憧憬。而如今，他们身上的光环卸下，我充分认知了美好背后的肮脏，便对R国也失去了兴趣。

但无论去哪里，都比待在海角好得多。待在这里的每一天，对于我来说，都是无比煎熬。

下课时，我刚准备走出教室，付教授拦住了我。

“徐晴，你来一下我办公室，我有重要的事和你说。”

这位满腹经纶的老先生每次都是一脸沉着、神神秘秘，然而每次都并没有什么了不得的事情。

托他的福，我受到了很久没有受到的火热持续的注目礼，直到我双脚踏进付教授的办公室，门被关上后，我才感觉那些火烧一般的目光消失。

“徐晴，我打算挑选你去R国。”他迫不及待地开门见山。

“可付教授，我并不是尖子生。”我摊着双手，摇摇头。

“你按时上课，从不缺席，并且我的提问你都能认真回答，考试分数也不差。况且，据我所知，你的英语也很棒，所以雅思考试对于你来说，难度并不大。”付教授态度很坚决。

我从来不知道，原来我在付教授的眼里，是这样一名品学兼优的好学生。

“可是……”我迟疑着。

逃离海角，是我当下最大的愿望。但在这一刻，我不可避免地想到了爸爸苍老的面孔，和妈妈日益弯下去的腰。当交换生，意味着从下学期开始便要交双份学费，爸爸妈妈已经那么辛苦，我还要为他们增加负担吗？

“徐晴，这个机会很难得。”付教授打断了我的迟疑。

“可是……”难道我要因为内心的负罪感而放弃换一种环境生活的绝佳机会吗？

爸爸妈妈那样辛苦，也不仅仅是为了我，还有复读高三的佟恺吧？就算不给我交双份的学费，也会给佟恺交复读费用。既然如此，我还客气什么？

想到这里，我心中的负罪感顿时少了许多。我挺直腰板，对付教授说：“谢谢教授，那我暑假就不回家了，待在海角报个班，把雅思考了。”

付教授浑浊的眼睛里露出欣慰的光芒，非常赞许地朝我点了点头。

在他眼中，我的好学生形象大概更加鲜明。可如果他能看到我的内心，便会知道，我是那样一个自私的人，为了逃避现实，不惜拖累家人。

刚出办公室，我便带着报复心理，拨通了爸爸的电话，跟他讲了我被选中去R国当交换生以及暑假不回家考雅思的事。令我有些惊讶的是，爸爸并没有过问太多细节，只是轻声问我一共需要多少钱。

我怔住，因为我还没算过我一共需要多少钱。我只是想气气他，可听到他疲惫的声音后，却止不住心酸，一颗原本已经决定狠绝的心，一下子变得柔软。就在不久前，在赔偿何胜男的事情上，爸爸已经花费了一笔钱。对于我们这样的普通人家来说，这个数目需要爸爸攒很久。

“嗯？小晴？”爸爸在电话里叫我。

“学习加上考试，以及生活费，你给我一万块好了。”这个数字说出口，我自己不免有些心虚。

“好。我马上就打到你卡上，收到后发个短信给我。”爸爸答应得云淡风轻，和每一次我跟他开口要生活费时一样。

挂断电话，我并没有报复过后的快感，有的只是更加深刻的难过。

Chapter 7

一整个夏天，我都把自己埋在书本里。我的雅思成绩高得出乎所有人的意料，连我自己也不曾想到。我原本以为我出行R国的计划会很顺利，却在新学期伊始的时候，发生了一件事。

被派去洛桑大学当交换生的名单张贴到了学院的公告栏内，学生们看到后议论纷纷，议论得最多的便是关于我。

在他们眼中，我成绩平平，也没有为院校做过任何特殊贡献，居然能得到付教授的垂青，成为交流生名单中的第一位。

学院内流言四起，大家都认为是我过分讨好付教授才得到这个机会，甚至连我曾经送给付教授一只清朝瓷瓶儿的事也被翻了出来，在他们的口中讨好升级成了贿赂。

我忍受着那些风言风语以及大家的指指点点，原本想要两耳不闻窗外事，但没想到火已经烧到我身上来。当我意识到流言的严重性时，一道晴天霹雳瞬间落了下来——付教授因为这件事被停课调查，我的出国计划也因此搁浅。

“不！绝对不可以！我辛苦了一整个夏天，不能就这么算了！”我一口气堵在胸腔，委屈极了。

王想想是唯一一个没参与八卦的姑娘，她坐到我身旁，试图安慰我。

“这事儿一定会有转机的，你别太忧心了。”她说。

我并不理她，只是盯着桌子，目光想要将桌子灼出一个洞。我记得我将瓷瓶儿赠给付教授时，并没有他人在场。这个消息究竟是从哪里流传出来的呢？我百思不得其解。

中国古代史的大课，换了一位授课老师。这位教授姓李，比付教授年轻许多，我看着他夹着书本，身体笔直地站在讲台上，有一瞬间的恍惚，不能接受付教授被替代。

这位李教授一来，便用那种中年人特有的精明目光扫视了一眼全班，然后宣布了一件事。

“付教授的事情大家都知道了，所以从这学期开始，你们中国古代史这门课由我暂代。先前洛桑大学交换生的名单作废，我们会在本周末进行一场测验，择优录取交换生，希望大家努力。”他用了一种最直接也最公平的方法解决了这件事。

我的心里空落落的，并不是我质疑自己的学习能力，而是这样的方式在从根本上质疑我的能力。这位李教授的潜台词仿佛是在说：“这可是最公平的竞争方式。这样一来，那些靠贿赂上位的学生就无处遁形了。”

越这样想，我便越觉得这位李教授面目可憎，分明在针对我。

不知道付教授怎么样了，都是受我牵连他才会被停职的。我心烦意乱，手指夹着一支圆珠笔不断晃来晃去，就是听不进去课。

他讲了两节课后，学生们都觉得他口齿清晰、逻辑缜密，甚至带着一丝幽默感。我却无比怀念不断推着鼻梁上的老花镜，讲话慢悠悠，一句话重复好几遍的付教授。

下课后，我率先冲出了教室，不想在这样压抑的氛围下多待一秒。

王想想也快速收拾了书本，一路小跑追着我。我停下脚步，冷冷地问她："我现在打算去卫生间，你也要跟着吗？"

"我不想让你落单，我觉得你需要人陪着。"她一脸担忧，并不在意我冷淡疏离的态度。

"我不需要，你别再跟着我。"说完这句话，我转身就走，脚步加快了许多。

"徐晴，周末的考试加油哦！我相信你没问题的！"她的声音铿锵有力地在我身后响起。

我停住脚步，莫名地被她的话感染。教室外的走廊里陆陆续续走过一些学生，他们不是在打着哈欠，就是与朋友嬉闹，还有很多人玩手机头也没有抬起来过。我凭什么将做交换生的机会和这些人分享？他们懒惰、没有纪律，却纷纷指责刻苦学习了一整个夏天的我。

想到这里，我不禁握紧拳头，用力得指节发白。

"我会加油的！我会证明给所有人看，我这就回去看书！"我骄傲地抬头，脚尖原地转向宿舍的方向。

这一刻，我知道我的努力不再是为了逃避，而是为了证明。

Chapter 8

时间又像倒退回了暑假。

我把自己关在寝室内，读书做题。不在意别人的目光和评价，也不在乎窗外的天气是阴郁还是晴朗。

正因为我有着这样破釜沉舟的勇气，周末的考试，我答得十分顺利。

我第一个交卷走出考场，一周后的榜单公布，我的名字赫然排在第一位。

我挤在人群中，望着榜单上大大的“徐晴”二字，长长呼出一口气，当下感觉一身轻松。

“这个徐晴，还真的有两把刷子嘛。”

“临时抱佛脚吧，有什么了不起。”

一阵阵刺耳的议论声传入我的耳中，我心下顿生不快，便立刻回过头。我的面前有许多个似曾相识却又叫不出名字的面孔，也无法确认刚才那些话是从谁口中说出来的。

如果知道是谁，我真想昂首挺胸地对她说一句：“有本事你也临时抱佛脚考个第一。”我有时真觉得，“吃不到葡萄说葡萄酸”这句话就是为这些人量身定做的。

我奋力拨开人群，想默默离开这个是非之地，却忽然听到一个女生的尖叫。

“郑寒也上榜了耶！”

我愣在原地，一动不动，直到被人群推搡到边上。我抬头望向墙壁上张贴的榜单，郑寒的名字排在末端，所以我刚才没留意到。

“他本来就有欧洲血统，去R国当交换生，算是回归故里了吧，真帅！”有女生总结道，她的话得到了所有女生的一致认同。

郑氏兄弟在她们眼中便是国王，一举一动都足以令她们臣服。而曾和郑氏兄弟走得近的灰姑娘，便是她们共同的敌人。哪怕我活得再小心谨慎，也是说什么错什么，做什么错什么。从一开始我便站到了她们的对立面，我不可能再和她们交朋友。而我也并不稀罕和她们做朋友，这么脆弱虚伪的友情，我宁愿不要。

我吸了吸鼻子，低头快步走出了人群。

初秋的阳光仍然炽烈，它从高高的香樟树上落下来，投下一片斑驳的影子。我放慢了脚步，开始瞧着落叶与树影发怔。

橙砖白瓦，落叶满园，一片大好秋景。据说在全国所有大学中，海角大学的风景可谓独树一帜。就算它没有哪一门学科在所有大学中拔得头筹，但每年仍有许多学生被它绝佳的环境吸引，不顾一切想成为这里的学生。

眼前的一切逐渐模糊，仿佛一切回到了最初。直至我的眼睛变得酸涩，我才猛眨眼，将飘远的思绪拉回来。

我看到李教授夹着课本走过前方的长廊，抵达屋檐下时，他放慢了脚步，转过头，像在等谁。

这位李教授实在不得我心，所以我连八卦他私生活的兴趣都没有，甚至在心底暗暗怪他破坏了我赏景的雅致。

我正要离开，灵敏的耳朵却听见一阵熟悉的细微声响，那是轮椅轧过枯叶和石头的声音。

抬眸一瞧，郑寒出现在我的视野中，我已经两个多月未见他，他还是一如往常。就算隔得很远，我也能看见他俊秀的脸庞上是冷峻的神色。在大家还身着半袖短裤时，他已然换上了薄款线衫。他很怕冷，整个人清冷得像R国的气候。

他和李教授攀谈起来，两个人神情都格外认真。由于距离较远，我听不见他们在聊些什么。

李教授和他靠得很近，边说还边拍了拍他的肩膀，一副很熟稔的模样。郑寒之前一直待在古堡里，几乎杜绝了与外界的往来，他转到海角大学来读书时间也不长，还总是缺课。我实在想不通，我们这位新来任职的李教授怎么会认识他。

我正好奇着，郑寒那边已经将该说的话说完，他点头做出道别的姿态，转而将轮椅转了方向，李教授自然而然地将手搭在扶手上，推他下了台阶。

“咝。”我龇着牙，做贼心虚般地踮着脚走远了。

Chapter 9

这些天，我内心总是有着某种不好的感觉。郑寒明明没有参加考试，他到底是如何进榜单的？那些追随他的女生，都甘愿当他忠实的拥趸，谁也不会觉得他那样眉目如画又气质高贵的少年，就算凭借关系去做交换生有什么不妥。可我已经撞见了他和李教授的秘密谈话，虽然并不知道谈话内容，但隐约觉得并不是什么好事。

这样的预感在我巧遇郑星之时被证实。

接近傍晚时分，海角的天空落下一场让人毫无准备的大雨。我被困在自习室，原本想等雨停，可看着这场雨并没有停歇的意思，只好打算冒着雨奔回寝室。

我将厚重的书本套在塑料袋里，又将塑料袋高举过头顶，不管不顾地冲进了雨中。眼睛所能看到的一切，耳朵所能听到的一切，都被大雨淹没了。

突然之间，我感觉不到雨水落在身上的重量，往身旁一看，险些惊叫出声。

“郑……郑星。”郑星打着伞跟在我的身旁。

怎么会在最狼狈的时刻遇上他？每次撞上郑氏兄弟的时间地点总是那么诡异。

“我送你到寝室。”他轻声说。

“不……不用了，真的。”我连连摆手。

他没有说话，用沉默否定了我。而我也没有勇气跑回雨里。

我只好尴尬万分地与他边走边找话题聊天：“你怎么会出现在这里？”

“来拿几张乐谱。”他轻声回道。

郑星单手撑着一把透明的伞，另一只手握着几张乐谱，不说话的样子，像一尊行走的雕塑。

我望着头顶，瓢泼的大雨淋在伞上，冲击出各种形状，再落回大地。

郑星忽然问我：“你想去R国吗？”

“嗯？”我愣了愣，几乎是下意识地答，“想，当然想。”

“可有人并不希望你去R国，他会顶替你的名额，让你去不了。”郑星说。

“谁？”我像一只被人踩了尾巴的猫，急切又尖锐地反问。

“My brother（我的哥哥）。”在郑星悄然念出这两个英文单词的同时，我就猜到了是谁。可当他说出口时，我又觉得残忍。

“你怎么就那么确定？”我的眼神在闪躲，语气在质疑。

郑星忽然停下了脚步，他望着我，语气玩味：“其实你也猜到了，不是吗？”

我抬头，郑星慵懒的眼睛里堆满了浓重的雾色，深得令人窒息。

“你为什么要来跟我说这个？跟你并没有什么关系不是吗？”我咬着牙，装作满不在乎。

“因为，我想帮你。”郑星一字一顿，极其认真地对我说。

“你？”我冷笑了一声。

他继续撑伞行走，默默叹了口气后，整张精致的面孔染上了失望：“徐晴，不知道从什么时候开始，你对我那么疏离，现在连一点点信任都不剩下了。”

我没有说话，我们两个人就这么沉默，直到女生宿舍楼下。

“你如果不相信我，就等着看吧。事发后，你可以来找我，我还是会帮你。”郑星的唇角微微弯了弯。

他说得那样沉着冷静。我心中的天平不可避免地向郑星倾斜了不少。我虽不信郑寒会害我，但我信了是他将事情抖搂出来，成心让我不能去R国。

可是郑寒，一次次护我周全的郑寒，为什么要这样做？

我恍若走进了一个迷宫，看不到光明，寻不到出口。

第十章

走失在异国他乡

Chapter 1

出发去R国的日子还剩下不到一个月时，李教授主动找到了我。

在空荡无人的教室里，他苦口婆心地劝我放弃去洛桑大学交流的机会，并且许诺如果我能主动退出，他会助我拿到全额奖学金。

“一个是赚钱，一个是花钱，这么容易的选择题，你一定会做吧？你是个聪明的女生。”他喝了一口茶，用探寻的目光盯着我。

“我不需要奖学金，但我一定要去R国。”我回望着他，一字一顿、毫不客气地回击道。

李教授放下茶杯，眉头紧皱，那表情好像是在表明他从教这么多年，从未见过这么不识抬举的学生。

“你性格别这么倔强，你仔细想想……”他还想劝服我。

我打断他：“李教授，郑寒究竟给了您什么好处让您这么尽心尽力听他的？”

“你这女生……”他的神情不自然起来。

“我看到您和郑寒在长廊上谈话了。”我努力让自己镇定，目光如炬地望着他。我如实说出了我看到的场景，他一定在猜测我有没有听到他们的谈话内容。

可姜还是老的辣！李教授语气稀松平常地说：“他来请教我一些问题，我细细回答了他的疑问而已。”

我听他如此回答，气不打一处来，站起身气势汹汹地说：“我是送过一只瓷瓶儿给付教授，可是那时候我根本就不知道有交换生这回事，这件事从根本上就构不成贿赂！你们冤枉了付教授，也冤枉了我。我已经依你们，通过考试成绩证明了自己确实在用功读书，你们还想怎么样？就算您取代了付教授的职位，您也永远取代不了他在大家心中的位置！”

“徐晴，这是你对师长说话的态度吗？”李教授脸色发白。

“对不起。”我低头认错，但声音依旧耿直，“可从内心深处，我从没把您当成师长过。”

说完这些，我起身离开了教室。

郑星站在一棵云杉树下等我。他整个人倚靠在树干上，戴着棒球帽，帽檐压得极低，一只手托着超薄笔记本电脑，另一只手插在口袋里，在看到我后，他抬手将U盘（优盘）从电脑上拔下。

“呐，接着！”他将U盘抛给我。

我毫不犹豫地接住它，攥着U盘向郑星走去。

“都录下来了吗？画面清晰吗？对话都能听见吗？”我迫切地问。

郑星懒洋洋地朝我比出一个“OK（没问题）”的手势。

一周前，我主动在互联网上联系了郑星。我问他，他究竟有几成把握可以确定，我送瓷瓶儿给付教授被揭发的事与郑寒有关，以及他要如何帮我。

郑星回说：“如果我说是百分之百的把握，你大概也不会信。但你如果真的想去R国，我一定会帮你。”

次日我收到了他寄过来的一个同城快递的急件，拆开一看，是一个微型的摄像头。

我捏着那个小如笔头的摄像头，心中顿时明白了郑星要做什么。

此时此刻，我将U盘强行插在郑星电脑的USB接口（通用串行总线）上，确认一遍录下来的视频。

“虽然这个办法不算光明磊落，却是最有效的。”郑星并不阻止我粗鲁的行为，他陪我又看了一遍视频，幽幽地总结道。

“不管你是出于什么目的，这件事我谢谢你。”我看完视频后，拔下U盘，小心翼翼地将它放进包里，一脸真诚地对郑星道谢。

郑星直起腰，慵懒地合上电脑，打了一个哈欠，轻声回道：“当局势对自己不利时，就要懂得反抗。”

我望着他的身影渐行渐远，慢慢消失在艳阳下。他最后留下的那句话久久回荡在我的脑海里。没错，我并不想双手染上肮脏，但我要懂得反抗。

Chapter 2

除了中国古代史，这学期刚开的中世纪史也由李教授代上。

课上课下，他总是想方设法找我的碴儿。比如，他会提问一些根本没有教过的理论知识，点名让我作答。如果我支支吾吾回答得不清楚，他就会冷笑着讽刺我说：“即将出国了，连这个都不知道，这就是所谓的尖子生吗？”

每当这时，我也会不甘示弱地回击他一些更加冷门的问题，比如——“那李教授，您知道虔诚者路易的大儿子是哪一年死的吗？”

李教授愣在讲台上，思考了很久也答不上来。

“是870年哦。李教授，您贵为历史系的教授，竟然连这个都不知道？这就是所谓海角大学资深教师的水平吗？”我拔高语调，颇为得意。

李教授露出十分尴尬的神色，没料到会被我反将一军。

坐在台下的学生们窃窃私语，他们无非是觉得我疯了。作为一名学生，居然敢跟教授顶撞。可我丝毫不害怕，内心升腾起一股胜利的喜悦。

李教授再一次找我谈话。这一次，我径直亮出了底牌，我将U盘里的视频交由他看，并且告诉他：“如果您动用私权将我换下，我就将这个U盘里的内容上传到网络，再将U盘寄给院长。”

他的面色由苍白变得灰暗，像灰烬的颜色。

“真是个厉害的小姑娘，我小瞧你了。”他目光阴冷地站起身，缓缓逼近我。

“李教授，U盘内的内容我已经交给我的朋友了。如果您伤害了我，我的朋友立马会将这些内容上传到互联网上，院长也会第一时间知道您私下做的这些事情。”我努力将每一个字的发音咬得字正腔圆，生怕他听不清。

就在他快要将我逼到墙角时，他的动作突然停住了。

“你赢了。我会让你去R国，以后也不会再为难你。但是同样的，希望你销毁这U盘里的内容，不要再让第三个人知道。我有父母有孩子，我和付教授不一样，我的压力很大，不能失去这份工作。”原本表情阴狠的他，突然唱起了苦肉计，态度转变得如此之快，我还未反应过来。

我结结巴巴地接道：“您……您不为难我……我自然就不会为难您。”

他垂着头，冷不丁地一拳砸在墙壁上。天花板上落下来一大片灰尘，我被呛得剧烈地咳嗽起来。

我害怕他的拳头砸向我，便迅速逃出了教室，留他一个人在教室里。

接下来的日子里，李教授果真信守承诺，没有再为难我，他将我当作了隐形人，视而不见。

这些天里，我在课上遇见郑寒的次数很多。大多数时候，他坐在靠后的位置，身边围绕着一群热情的姑娘。而我独自坐在前排，身边清冷的氛围亦如郑寒清冷的面孔。

下课时，郑寒穿过人潮，在我的身后唤我："徐晴，你站住。"

我假装没听到，可捂住双耳、加快步伐的动作已经出卖了我的心。

"徐晴，你是在故意躲我吗？你知道，我并不能追上你。"他的话极具穿透力，只是一句话，便让我又想到了那个晚上，我从古堡逃跑的晚上，他也是说的同样一句话。

我停下脚步，在原地等他缓缓过来。

"你找我有事吗？"我高高地扬起下巴，抬了抬眉毛淡淡地问他。

"你放弃去R国吧。"他满眼悲天悯人的神色。

虽然猜到他可能是为了什么事叫住我，但我还是无法相信他那么开门见山地说出了口，没有半分铺垫。

我的指甲狠狠嵌进掌心，瞪着眼睛问他："你凭什么这么自信我会听你的？"

"这是为你好。"他云淡风轻地回道。

"我并不觉得。"我冷冷笑着。

"这一次，你听我的。"他的声音渐缓渐轻，放低了姿态。

这是从未有过的事情。

"你为了将我踢出局，居然拖付教授下水，那瓷瓶儿是你家张嫂给我的，这事跟你也脱不了干系！你还买通李教授，软硬兼施，可没料到我会来这一手吧？这下李教授也拿我没法子了。"

一向面无表情的郑寒，听完我说的话，眉毛皱成了一个深深的"川"字。

"郑星教你的吧？你想不到这样不光明的手段的。"郑寒说。

"那又怎么样？只要能达到目的，谁想的办法不能用？你觉得郑星不光明，那请问你又光明在哪里？你们本是一丘之貉。"我边尖锐地反驳，边倒退。

"是吗？"他轻飘飘的一句，像自嘲，又像对我的讽刺。

往事一幕幕在脑海里重演，我僵硬地站在原地，生出一种恍若隔世的错觉。

"郑寒，我们不要再见面了吧。"我想了好几秒，还是将这句话说出了口，心脏深处传来一阵撕裂的钝痛。

我转过身就要离开，却听见他用坚定的语气说：“我们不可能不见面，你以为追杀你的人死了，你就安全了？你正往更加危险的深渊里走去。我说过要护你周全的。”

“我说过要护你周全的。”

这句话让我的双脚像灌了铅似的沉重，每走一步，都感觉痛彻心扉。

Chapter 3

爸爸打过好几个电话给我，说要来送我。

我没心没肺地拒绝了。不想见爸爸的理由有很多，比如我至今还怨他不经过我同意便领佟恺回家的事儿，再比如我不想带着强烈的愧疚感看他苍老疲惫的脸……

临去R国的前一天，我还是收到了爸爸的短信，他告诉我他就在女生宿舍楼下。来不及换鞋，我趿拉着拖鞋便下楼去。

我站在宿舍楼的台阶上，一眼便看到了蹲在树下的爸爸。我惊讶的是，他并不是一个人，妈妈也跟来了。

他们俩各拎着一个大大的箱包，箱包跟着他们一路颠簸，已经被压得变了形，破旧不堪。

我心下一酸，又趿拉着拖鞋"嗒嗒嗒"地迅速跑上楼，从柜子里翻出两瓶椰汁，再迅速跑下去，奔到他们面前。

"爸，妈。"我喊着他们，将椰汁塞进他们手里。

妈妈愣在原地，怔怔地望着我，然后走过来抱了抱我，小声道："总算看到你了，你这么久不回家，还准备去那么远的地方。我不放心，就跟过来看看。"

她的呢喃细语，又稳又准地刺中了我心底最柔软的地方。

"妈妈，对不起。"我把头埋进她的肩膀，鼻头发酸。

妈妈伸手轻拍着我的背，一下一下，像哄拍小时候的我睡觉那般。

"没什么对不起的，我们都为你高兴。我们给你买了一些新衣服，还带来了家乡新上市的梨，你小时候最爱吃梨啦。"爸爸打开箱包，将为我买的衣服拿给我看，竟然还带来了一塑料袋的梨。

"海角不缺水果，这些梨你们自己吃吧。也不要再给我买衣服了。"我站在树下，不断吸着鼻子，不肯收下他们这千里迢迢带来的心意。

"买都买了，你还是收下吧。"妈妈向我劝道。

我接过那满满一包的新衣服和沉甸甸的梨，内心积压着的酸涩就要奔涌而出。

"你们还没吃饭吧？我把东西放下，带你们吃海鲜去。"说着我便转身逃也似的奔上楼，我不想让他们看到我的眼泪。

我跑到洗手间，狠狠用冷水冲洗了一把脸后，才回父母身旁。

海鲜街上人潮如织，就算已然过了最佳的旅游季节，还是有许多人为了一睹海角的美景，不远千里奔赴而来。

我将爸妈领到我最熟悉的小店前，找到一处干净的位置坐下。

“爸爸，您还记得吗？您来过这里。”我边点菜边笑着对爸爸说道。

“对，当时还有你的同学。”他喝了一口茶，笑着回答我。

“是，当时是王想想跟着一起来的。”我回忆起当时的情景。

手中的菜单已经被我翻来覆去地看了好几遍，我抬头对妈妈说：“在我们那儿海鲜不常吃得到，所以今天你们要吃得尽兴才行。”

“你做主就好。”妈妈一贯随和。

“好咧！老板，我要一份白灼花蟹，一份豉汁炒青口，一份酱爆八爪鱼，扇贝、生蚝再各来十只。”我朝老板喊道。菜很快上桌，好客的老板还赠送了我们两大杯红茶。离别的前一天，海风吹拂的街边小店，爸爸妈妈与我坐在一起欢声笑语地吃着海鲜。仿佛不久前曾闹过的隔阂与矛盾都消失了，眼前的一切美好得让我感到怅然若失，那么不真实。

我沉默了好几秒，始终不能对佟恺来我家住下的事情释怀。

我哪壶不开提哪壶地提起了此事：“你们就这么出来，佟恺怎么办？”

妈妈刚要说话，爸爸却拦住她，淡漠地回道：“他是个男孩子，会照顾自己的。”

这话有些耳熟，我依稀记得过年在家时，爸爸也曾说过这句话。

“可他毕竟高三……”

“那也是男孩子，要成长为一个顶天立地的男人，哪能这点儿苦都吃不了。”爸爸打断我的话，并加重了语气。

我不明白爸爸是私心里真这样想，还是在照顾我的情绪。

可无论是哪种，我在这一刻都感谢爸爸。无论我表现得多么成熟，可内心始终住着一个小孩儿——争风吃醋，总是希望爸爸妈妈多爱我一分的小孩儿。

我是个别扭的人，爸爸心知肚明，却选择包容我的别扭。

我本来还想说点儿什么，爸爸却抢先提问我：“你去R国待多久？王想想去吗？到了那边有人照顾你吗？”

“交流学习两个月。王想想不去。到了那边我会照顾好自己。”我微笑着，回答爸爸道。

爸爸紧皱着眉头，似乎还有好多问题想问我，一时却不知从何问起。

我拿起杯子，装作欢快地跟爸爸干杯：“爸爸您放心好了！R国山清水秀，环境比海角还要美，何况那里也很安全。我虽然不是顶天立地的男子汉，但也是能吃苦的。再说，我是去学习，吃不了什么苦。”

“好好好。”爸爸一连说了三个“好”，他拉着妈妈，我们三个人站了起来。

“Cheers（干杯）！”我带头道，用自己的杯子碰了一下爸妈的杯子。

爸妈也学着我的样子，轻轻碰了碰杯沿，仰头喝完一整杯冰红茶。

我们三个目光交接中，尽是不舍，但是谁都没有说出来。

吃完这一餐，我打算去结账，爸爸却拦住我，死活不让我付钱。

“我之前在超市打了几天工，所以有钱请你们吃饭。我读书考试，你们替我交钱。我犯错，你们替我交赔偿款。所以这一次，就让我来吧。”我拽着爸爸的胳膊，坚持地说道。

“行！那就让你尽这个地主之谊。”爸爸只好应允。

我送他们到火车站，遥遥地向他们挥手，心中的不舍情绪逐渐蔓延开来。

真是奇怪，明明只是去两个月，又不是两年。时间那么短，我为什么会产生如此浓重的不舍呢？

也许是因为我飞去了地球的另一端，距离将时间、空间都拉长了吧。

我回到寝室，做临行前的最后一次行李检查，我将爸爸妈妈带来的新衣服塞进行李箱时，从衣缝里掉出几张一百元的人民币。

我愣了愣，随后将那件衣服展开，又发现了十多张一百元的人民币。

这些难道又是爸爸的私房钱？一张一张不知存放了多久，旧得发皱，却叠得整整齐齐，连一个翘着的边角都没有。

爸爸总是做这种事。我眼睛忽然酸涩得不行，趴在行李箱上号啕大哭起来。

Chapter 4

朝阳将这个世界照得敞亮时，我已经带着两个行李箱，坐在了机场的候机大厅内。我看到了陆陆续续赶来的老师，以及和我一同被选中做交换生的学生们，却迟迟没有看到郑寒。

学生们因为无聊，便聚在一起闲聊八卦。我也是从他们的闲谈中才得知，因为名额有限，榜单上排名最末的那名男生自动出局。因为我的不肯退出，也因为郑寒的突然加入，使得原本可以与我们一起飞往国外学习的那名男生，被硬生生剥夺了资格。

郑寒此次是坐头等舱，而我们是坐经济舱。他走VIP（贵宾）通道，我们走普通通道，根本不会碰面。

他顶替了别人的名额，是不敢与我们碰面吧。我在心底默默腹诽。

从海角飞往洛桑，需要从苏黎世转机。

就在那转机的短短三个小时内，我看到了郑寒。他一身休闲装扮，脖子上挂着一个真丝的U形颈枕，正倚在玻璃门上喝咖啡。

他竟然是站着的。没有依靠轮椅，也没有依靠拐杖，而是靠自己的双腿挺拔笔直地站在那里。

纵使是在一众金发碧眼的白种人里，他也是那般耀眼。来往的旅客纷纷用审视的、好奇的、仰慕的目光打量着他，而他的目光只是盯着手上的咖啡。

我望了望四周，似乎只有这一家便利店。为了解决口渴的难题，我只得硬着头皮走了进去。

我从冰箱里选了一瓶最便宜的矿泉水前去收银台结账，郑寒忽然走上前来，掏出皮夹，递给收银员一张信用卡。

“不，不，我有零钱！”我将准备好的纸币放到柜台上。

收银小姐看了看我，又看了看郑寒，最后竟是收了他的钱。原来不论在哪里，男生和女生在一起，人们总是默认男生是负责物质开销的一方，而毫不关心他们究竟是什么关系。

那瓶刚从冰箱里拿出的冰镇矿泉水，此刻在我手上却热得发烫。

“我把钱给你。”我伸手就要还郑寒钱，却被他灵巧地躲过。

“不需要。”他淡淡地瞥了我一眼。

“我并不想欠你任何东西。”我硬将钱塞给他。

他却将那些零散的纸币丢在门边的杂志架上，唇角似笑非笑：“你欠我的，只有这些钱吗？”

这句低声的问话，直击我的要害，我在他淡漠的目光里，越发窘迫。

是啊，我欠他的，何止这些钱？我欠他一条命，如果不是他，我大概早就死了百次千次。

正当我无法回答他任何话时，一帮突然冲进便利店的女生帮我解了围。

她们都是我的同学，也都是郑寒忠实的拥护者。她们将我挤出门外，围着郑寒嘘寒问暖。

“听说你坐的头等舱？怪不得我们都没见着你呢。”

“又能成为你的同学了，真是好荣幸。”

“哎，你的腿伤好了吗？完全好了吗？真棒！”

“郑同学，去了R国，可以教我滑雪吗？”

纵然郑寒对她们的态度冷淡得不像话，对于她们的提问和夸赞，甚至都懒得敷衍。可这帮女生依然穷追不舍，总觉得只要坚持，热情总能融化千年寒冰。

他的目光穿过人群望着我，似乎要将我看透。我不敢看他，只好看着地面，目光似乎也要将这地面灼出一个洞。当那帮女生顺着他的目光，望向我的方向时，我赶紧心虚地离开了这是非之地。

Chapter 5

洛桑并没有机场，我们从苏黎世起飞，在日内瓦降落，又乘坐快车，才最终到达了我们此行的目的地洛桑。

我满身疲惫，走下火车，看到阳光普照，顿时一阵恍惚。

现在是中国的子夜时分，但在R国，人们新一天的生活才刚刚开始。

大巴载着我们向市区驶去，一路上绵延不绝的雪峰、浓密翠绿的树林、清澈晶莹的山溪小涧，构成了一幅景色绝美的画，不断延伸至我眼前又迅速后退，惊艳着我的眼。

我们在正午时分到达了洛桑大学。负责接待我们的老师将我们带到寝室，宿舍楼是一幢红墙白瓦的欧式建筑，窗外栽种了一片茂密的绿植，那些我叫不上名字的树木长得郁郁葱葱，张扬的枝条延伸到寝室的窗边，为寝室提供了一片私密安静的空间。

寝室是两人一间，米色的墙纸，浅木色的家具，所有的布置都让人倍感舒适。

与我同寝室的女生，是我的同学程小鹿，我们打过几次交道，她也是郑寒“粉丝会”的成员，所以待我很不友好。发现被随机分配到的室友竟然是我，她不爽地斜睨了我几眼，从鼻子里发出一声冷哼，样子不屑极了。

我早已习惯了自己的坏人缘，所以也没有觉得多难受。

在寝室收拾了一下东西，休息还未满一个小时，老师便通知所有的中国交换生集合，他要带我们参观校园，介绍学校的历史。

洛桑是法语区，所以学校老师的英文口语并不算特别流利，还带着浓重的口音，我必须十分认真，才能半听半猜地明白他的话。

我们在校园餐厅吃了午饭，又走马观花地参观了整座校园，接着就被通知我们明天就要和当地的学生们一起上课。

真是连喘息的时间都不肯留给我们。

不过我并不惊讶，想着这样其实也挺好，生活充实一些，再忙碌一些，我便没有时间去感怀了。

R国的课业虽然并不繁重，但极其考验学生的自主性，下课后要自主预习、复习，及在图书馆研究选题，不然几天下来，学习进度就会明显落后。课上老师与学生们聊的话题，就会慢慢地听不懂。

在适应了交换生的身份及当地大学的学习方式后，我们终于迎来了第一个可以放松的周末。

我的室友程小鹿破天荒地邀请我和她一起度周末。

“没有人陪你吗？”我对于她的邀请，感到有些诧异。因为程小鹿性格活泼，无论到哪里，都可以和其他人打成一片。

“愿意陪我的人多的是，只是……”她先是趾高气扬，然后整个人像被瞬间抽干空气的气球，气势迅速减弱。

“只是我感兴趣的这个项目，没有人愿意去，所以想问问你去不去。”程小鹿有些犹豫。

“什么项目？”我有些好奇。

“我看到网上说，南郊有一座古老的教堂，现在已经荒废闲置了。当地基金会想让这些沉寂的教堂重新热闹起来，就启动了个住宿项目。我们可以申请免费入住一个晚上，第二天还有当地人送来的美味早餐。其他人胆子都太小了，不敢住郊外的教堂，我觉得你胆子应该很大，总是独来独往的。”程小鹿斜睨着我说。

原来是这样。

少年时期遭遇绑架，长大后又连番遭遇追杀的我，胆子确实比一般女生要大。

我很快应道：“你去申请吧，我跟你去就是了。”

“我已经申请完两个名额啦，就差一个人选了。我们今晚就去吧，现在就出发！”程小鹿欣喜若狂，拉着我风风火火地就往外走。

我还未反应过来，就已经被她拖行了好几米。程小鹿看起来瘦小，力气却不小。

她感觉到我的迟疑，回过头，不爽的表情像有人当头泼了她一盆冷水。

“怎么？后悔了？连你也不肯陪我去？”她的声音尖锐起来。

这话我虽然听着很不舒服，但已经答应了别人的事情我就一定会做到。

“我总得整理一下东西吧。”我无奈地摊了摊手。

“也对。”她尖细的嗓音变得柔软。

我背对着她整理衣物和洗漱用品时，她突兀地对我说了一声：“对不起。”

我愣了一下，转身望向她，她的目光却不自然地落到别处，双手不自然地揉着衣裳下摆。

“没事。”我轻声回她。

我整理完所有东西后，便跟着程小鹿出门，奔赴我们疯狂的周末计划。

坐在大巴车上时，程小鹿一路哼着歌，心情十分亢奋，而我却意兴阑珊，只是安静地看着窗外的风景。

“徐晴，徐晴。”她忽然推搡着我的胳膊。

“嗯？”我回头看她。

“其实，你也没有她们说的那么性格孤僻，难以相处，又心机很深嘛。”她笑着说出这句话时，语调上扬，眼底满是光亮。

我无奈地摇了摇头，看到窗户玻璃中映出自己一脸哭笑不得的表情。原来，在那些孤立我的女生眼里，我是这样一个存在。

“那现在你觉得我是怎样的人？”我心情大好，便饶有兴致地与她对话起来。

“胆子大，不记仇，并且挺随和的。”程小鹿想了想，认真地评价道。

我打量着程小鹿的脸庞，白里透红，瞳孔清澈而明亮，算不上漂亮，但却无比可爱。这么一个与我同班的妙人儿，我怎么到今天才认识？

Chapter 6

日落时分，我们终于找到了那座外观其貌不扬又很破旧的小教堂。

高耸着的斑驳的石灰岩柱，爬满绿色藤条的圆形拱门。只是站在门外，便感受到了一股发自内心的抗拒，我想我明白了程小鹿为什么找不到同伴。

我们俩站在门外正不知所措时，一位穿着及膝长裙的女士从教堂内走了出来，面带温和的笑容欢迎我们俩："就是你们两位住宿吧，请跟我来。"

教堂内与教堂外真正是两个极端。

暮色四合，教堂内早早点起了烛火。每个角落都有一张低矮的床铺，上面摆放着整洁的毛毯与枕头。

程小鹿无比兴奋地打量着四周，而我也因着这从未有过的体验，开始了后知后觉的亢奋。

我们俩挑选了最靠近长椅的那张床，床铺居然比想象中要柔软。

"好像还没有人入住耶，那我们……我们俩住在这里安全吗？"程小鹿兴奋得满面酡红，说话结结巴巴。

"我们会有专人守夜，一定安全。只是……"女士调皮地冲我们眨了眨眼，话音戛然而止。

"只是什么？"我心急地问道。

"只是，这里是郊外，夜间和清晨会有很多小动物出没，刺猬、翠鸟，甚至是兔子。"女士说。

"真的吗？"程小鹿目光里充满了期待。

交代完事务之后，这位女士便退出了教堂。偌大的教堂彻底属于我们俩了，整整一夜，再没有其他人进来过。

我原本以为我认床的习性和强烈的防备心理，会让我彻夜无眠，但这一夜我竟然睡得香甜。

清晨时分，我被窗外的鸟叫与程小鹿咋呼的喊声惊醒。

"真的有人给我们送早餐耶！"程小鹿舔着嘴唇，望着长椅上用便当盒包裹着的各色早餐惊喜不已。

奶酪、利口乐、土豆饼、烤香肠、鞭子面包，甚至有酱牛肉！

幸福来得太突然，我脑袋一片空白，感觉有些蒙。匆匆洗漱完毕后，我们便迫不及待地享用起了免费的早餐。

“好吃吗？”当地的漂亮姑娘一脸期待地询问，想得到我们的认可。

“好吃！好吃！尤其是这个酱牛肉，味道好特别。”程小鹿连连点头，毫不吝啬自己的赞美之词。

“我也觉得，这个酱牛肉特别好吃。”我诚实地回道。

“这些食物里，只有酱牛肉不是我做的，是我从我们这里人气最高的餐厅买了带来的。”姑娘十分诚实。

“能做出这样的牛肉，人气肯定高。”程小鹿含糊地回道。

“不是哦。”姑娘神秘地摇摇头，“牛肉只是一道很普通的菜，他们家好吃的食物真的很多。”

程小鹿蓦地抬起头，好奇心被撩拨到了最高点。可惜的是，这位不知姓名的姑娘走时并没有告诉我们那家餐厅的名字。

我对食物的兴趣并没有程小鹿那般强烈，但也觉得早餐吃的这顿牛肉，大概是我有生以来吃过最好吃的一次，那味道只要入了口便忘不掉。

教堂之行，让我收获了一个朋友——行为举止并不奇怪，也不会突然消失，笑容非常可爱的朋友。

Chapter 7

这一天，我可爱的朋友程小鹿，一下课就迫不及待地将我拉到了走廊上。

“徐晴，我必须告诉你一个好消息。”她满脸亢奋。

“什么？”我不认为这个好消息会和我相关，所以我的反应淡定许多。

“亲爱的，我终于知道我们吃的酱牛肉出自哪家餐厅了！”程小鹿对牛肉的念念不忘，造就了她锲而不舍调查美食出处的精神。

“是出自哪里？”我也有些好奇。

“居然是Monte King耶！”程小鹿贴在我耳边，像诉说什么了不得的秘密。

Monte King？她一说我便立刻想起我对这家餐厅有所耳闻。这是一家世界闻名的连锁餐厅，其发源地与旗舰店都在R国。他们家的菜品精致，味道更是让人难忘。我从前总觉得这样殿堂级的美食跟我无关，没想到阴差阳错，我竟然也尝到了。

“徐晴，小晴，阿晴……”程小鹿忽然笑得贼贼的，一直往我身上靠。

“打住！”我头皮发麻，径直问道，“你是想让我和你一起去这家餐厅吃饭吧？”

“多少钱？”这是我最关心的问题。

“不知道，反正要是太贵了，我请你呗，你就当陪我嘛。”程小鹿眼珠滴溜溜地一转，笑着应道。

我猜她一定知道价格，只是不愿告诉我，怕将我吓退。

当她打着车，将我拉到Monte King旗舰店门外时，我便知道这样门楼奢华的餐厅与囊中羞涩的我，实在是不相配极了。

为了不让我这唯一的朋友失望，我只好硬着头皮踏进了这家富丽堂皇的餐厅。

餐厅内的装修与餐厅外不同，内部装修全为木系风格，朴实而雅致。程小鹿和我在一个靠窗的位置坐下，服务生很快递上了菜单。

程小鹿一页页翻着，望着菜单上那些精美的食物图片，双眼发光。

我喝着免费的水，眼神在餐厅内游离。

我居然看到了郑寒也在这里。他坐在另一扇窗旁，正表情严肃地与站着的服务生聊着什么。我什么时候见到他，他都是这样的表情，没有变过。

他也是被这家餐厅的名气吸引来的吗？

“三文鱼吃不吃？”程小鹿问了我一遍，然而我并没有听见。

她伸出手，在我眼前晃了一下。

“看什么呢？看得这么认真。”她嘀咕着，顺着我的目光望过去，惊得一下子站了起来，险些碰倒桌子。

“是郑寒耶！”她满脸欣喜。

我还没来得及拉住她，她便一路小跑着奔到郑寒面前。

郑寒与服务生的聊天被打断，我听不清程小鹿与郑寒说了些什么，郑寒迅速回过头，目光穿过人群，直直落到我的身上。

我坐也不是，站也不是，正犹豫是否走过去打个招呼时，郑寒居然向我走过来了！

“我邀请郑同学和我们一起吃，我再多点一些菜。”程小鹿自顾自地给郑寒搬来一把椅子，又让服务生在原本点的菜的基础之上，多加了三道菜。

我硬挤出一个微笑，对郑寒道：“原来你也在这里吃饭，真巧。”

郑寒抬手，动作娴熟地将一块蓝色印花餐巾展开，随意搭在腿上，眼角微抬，应道：“你能来，我怎么就不能来了呢？”

我被他这句轻飘飘的话噎住，脑袋空白了好几秒，不知道怎么接话。

幸好程小鹿将话语的主动权争过去，开始发起了对郑寒一系列的“粉丝提问”，郑寒身上的贵族气息与冷峻气质太独特，总是吸引着众多姑娘前赴后继地追逐，程小鹿自然不能免俗。

郑寒的态度始终不温不火，程小鹿问得口干舌燥，他只用几个字就回答了。

Monte King的菜上得极快，芝士土豆饼、胡萝卜蛋糕、焗三文鱼这些R国的家常菜，在精致的瓷盘与饰物的点缀下显得十分诱人。最吸引人的菜当数程小鹿与我都想念已久的酱牛肉，程小鹿看到被摆放在盘中的它，仿佛看到了久违的老友一般激动不已。

“这是招待二位小姐的杜松子茶。”服务生恭敬地端上两杯茶水。

“这是……免费的？”程小鹿有些惊讶。

“对。”服务生点头。

“那，为什么只有两杯？”程小鹿有些不满。

“因为少爷并不喜欢……”

“这家餐厅的杜松子茶只用来免费招待女生。”郑寒抢白，声音里浮出的那丝威严让在场的人都感到一丝恐惧。

那名服务生，再也不说话，只是弯了弯腰，便端着茶盘离开了我们的桌子旁。

“郑寒，你跟那名服务生认识？”程小鹿小心翼翼地问道。

“我来这里吃过几次饭，所以认识。”郑寒缓了缓面色回答道，但他的眉间仿佛积

着千年不化的寒冰，程小鹿心底即便存着再多的疑惑，也不敢再追问。

我们三个人沉默地吃着饭，气氛诡异。

郑寒拿刀叉的姿态十分优雅，让周围的一切都沦为他的陪衬，他本该属于这里。而我和程小鹿两个人，尤其是我，始终拿不惯刀叉，样子显得十分笨拙。

他只低头吃了几口土豆饼和蛋糕，便起身说有事不便奉陪。

“这么好吃的东西居然才吃几口，真是暴殄天物！”程小鹿腮帮鼓得圆圆的，满脸的不可思议。

我望着郑寒离开餐厅的方向，路过他身边的服务生好像都很怕他。他们低着头，纷纷朝他弯腰致意。

来这里用餐的高贵客人并不少，服务生们见多识广。郑寒只是吃过几次饭，这些服务生便那么怕他了吗？我想起刚刚给我们递菜送水的服务生脱口而出的一声“少爷”，心中的疑惑慢慢被撕开了一道裂口。

当我和程小鹿吃完饭，走到前台准备买单时，却被服务生告知，郑寒已经替我们结过账了。

“什么？”程小鹿又惊又喜，男神替自己买单这样的事一般只可能发生在梦中，不料却成真了。

而我惊诧的是，在程小鹿一直埋头大吃大喝时，我用余光一直盯着郑寒径直走出了餐厅，他并没有掏钱买过单，甚至根本没有去过收银台。

出了餐厅，我心事重重，而程小鹿一直喋喋不休，她对今天和郑寒的巧遇心动不已，也对Monte King的菜品回味无穷。

走过一条街之后，程小鹿刚准备拦车，我却满面惊慌地说：“你在原地等我一下，我要回去一趟，我有东西落在餐厅了！”

没等程小鹿说话，我便往回奔。

闯进餐厅后，我一路小跑，左顾右盼，终于在一众服饰相同的服务生中找到刚才为我们桌服务过的那位。

“嗨！”我冲到他面前，向他打招呼。

他朝我露出一个迷人的微笑，我从他的眼神中可以肯定，他记得我。

“这位小姐，请问有什么事情我可以帮助您吗？”他问道。

在这一刻，我的大脑飞速转动着。

“我想把钱还给你们少爷。”我一字一顿地说道。

“小姐既然是少爷的朋友，这顿饭自然是归到少爷的账上。”服务生想也没想，直接回答我。

“我说的不是这顿饭，而是之前我欠了你们家少爷的钱。”我辩解道。我确实欠了郑寒钱，在苏黎世机场，郑寒替我买了一瓶水，最终也没有收下我给他的钱。

“这就是您和少爷之间的私事了。但您既然找到这里，说明少爷并没有收下您的钱，我想少爷是不缺这笔钱的。”他说这话时，语气里带着一丝骄傲。

我蹙着眉，叉着腰，装出一副不屑的模样：“郑寒这么有钱吗？难道这家餐厅是他家开的？”

“我们Monte King是全球连锁三星餐厅，少爷是继承人之一。”服务生的态度虽然恭敬如常，但语气里透露出的那股骄傲，比刚才更甚。

原来是这样。

“是我冒犯了。”我装作谦逊的样子，在周围人嘲笑的目光里灰溜溜地离开。

此时此刻，别人怎么看待我，我已经觉得无所谓了。因为我解开了我好奇的谜题之一，郑寒一直想隐瞒的，居然是他的真实身份。

可全球知名餐饮集团家的贵公子，为什么隐身于世界另一头的荒山古堡？我的养父，那位勇敢的警察，又是调查出了什么，才惨遭枪杀，并且将当时还年幼的我也牵扯其中？

我脑中一团乱，像有成千上万只蜜蜂在我脑袋里嗡嗡飞舞。

冥冥之中，有什么力量在牵引着我来到大洋彼岸，靠近潘多拉魔盒。这一切是否就是宿命呢？

我想我已经找到了魔盒，现在只要打开它，就能知道盒子里装的究竟是什么真相。我的双手因为激动而颤抖，仿佛悬在嗓间的心“怦怦”直跳。我刚刚离开了黑暗，现在又要走入黑暗。我在心底对自己发誓，无论未来会遇见什么，要面对多么冰冷残酷的事实，我都要勇敢。因为我早已退无可退。

第十一章

步入秘密之境

Chapter 1

“你干什么去了？我等了你好久。”程小鹿抱着胸，十分不满地说道。

“对不起，刚才遇到一个熟人，所以就多聊了几句。”我随口编织了一个谎言，将程小鹿搪塞过去。程小鹿心思单纯，并没有将我的话细想。

错过了刚才那辆出租车，一时半会儿很难再打到，我和程小鹿走了好长一段路，才走到一个十字路口。

等红绿灯的间隙，我似乎在车水马龙间再一次看到郑寒的身影。

不对……郑寒今天穿的是蓝色的衣服，而那个酷似郑寒的少年却穿着灰色的衣服，他是……郑星！我反应过来之后，拔腿就往郑星所在的方向冲去。

“喂，你去哪里？”程小鹿在我身后喊。

她的喊声很快就淹没在了汽车的鸣笛声中，我被困在马路中央，眼见着一辆汽车直直地向我冲过来。我大脑一片空白，不知所措，僵硬地站在原地。突然，一道力量在紧要关头将我朝后拉了一把，失去重心的我跌到地上。

“你疯了？你干什么？”程小鹿喘着气，瞪圆了眼睛，不可思议地质问我。

我却没空向她解释什么，焦急地站起，可是马路对面郑星的身影却消失了。那里空空荡荡，仿佛我看到的只是一道幻影。

“你是不是又看到熟人了？”程小鹿想起我的谎言，狐疑地盯着我。

我失魂落魄地摇摇头，一句话也没说，只是低着头朝前走。

郑星为什么会出现在这里？郑氏兄弟为什么总是出现在我的周围？这一切难道是巧合吗？我百思不得其解。

我的心跳从刚刚那辆车差点撞向我开始，就一直犹如鼓擂。我蓦地抬头，程小鹿一直用担忧的眼神望着我，却没有再问什么，我心底忽然涌起一股感动。

“谢谢。”我真诚地向她道谢。

次日的课上，老师让中方的学生每两个人一组，与R国当地的学生进行学习心得上的交流讨论，并最终交出小结。

此话一出，我立刻站起来自告奋勇与郑寒一组，毕竟，他是唯一能向我解答我所有疑问的人。所有人的目光都“唰唰唰”地望向我，那些并不友好的目光，像一支支冷飕飕的暗箭。连坐在我身旁的程小鹿也用惊讶的目光看着我，她满心喜欢郑寒，她原本以为就算她不能得到这个机会，最起码我是不会参与这场纷争的。

“我同意。”郑寒淡淡地望着我，坐在位置上一动不动。

我夹着书本和笔，缓慢地踱到他身旁坐下。从这一刻起，我知道我又成了众矢之的，成了所有女孩都讨厌和排斥的人。

我朝他露出一个明媚的笑容，并伸出手：“郑同学，请多指教。”

他沉默地望着我，深不见底的眸子似乎要将我吸进去。半晌，他也没有伸出手来和我相握，害得我的手尴尬地举在半空，最后只好讪讪地放下。

“我们开始吧。”他轻声说。

我们找了坐在我们附近的两名男生作为交流对象，两名男生的英语跟他们的老师一样带着浓重的口音，如果讲话速度稍快，我便会听不懂。不过，幸好有郑寒。

他板着一张脸，说着流利的英语，又夹带着我不会的法文。只要我的眉头稍稍一皱，他就会停下用中文给我复述一遍。选择他，是出于我的私心。我想主动与郑寒关系破冰，这样才能接近他，让他解答我心底的许多疑惑。现在看来，在帮助我完成课业这件事上，没有比他更完美的搭档了。

下课后，郑寒没有在教室里多待一秒，简单收起书本就离开了。我匆忙跟过去，不顾他人的眼光，一直贴在他身后。

“郑同学，我请你吃饭吧。”我讨好地说道。

“不必了。”他看也不看我一眼，冷冷拒绝。

我猛吸一口气，厚着脸皮扯住他的袖子：“你请我喝水，又请我和程小鹿吃那么好吃的食物，我总该回请一次。”

“我说了不必了。”郑寒加重语气。

我陷入沉默，他似乎也察觉自己刚才的语气过重，低沉的嗓音温柔了一些：“徐晴，你自己说过，我们不必再来往的。”

“我那是气话。”我的声势弱了下去。

“也许……”郑寒顿了顿，蓝色双眸里的光一点点暗下去，声音也随之喑哑，“你是对的。”

郑寒独自走出校门，门外停着一辆黑色的宾利轿车，他从不让司机将车开进校门。他惯有的低调在我眼里，却是欲盖弥彰。他刚刚将那句“我们不必再来往”的话说出口时，瞬间刺痛了我的心脏。

郑寒，你不是说过会护我周全的吗？

Chapter 2

午餐时间，失魂落魄的我，在学生餐厅找到了同样情绪低落的程小鹿。

我低声叹了一口气，随后努力晃了晃脑袋，想要将这糟糕的情绪全部甩掉。

我将餐盘放在她面前，坐下来推了推她的肩道："别生我的气啦，下次我把郑寒让给你。"

"没生气，我已经想清楚了，就算没有你，也不可能轮到我。"程小鹿无精打采地应道，她望了一眼我的餐盘，发现是清一色的素菜，便将自己盘中的排骨夹给我。她这微小的举动让我感动，我也知道她确实没有再生我的气，于是便放心坐着，边吃饭边开起她的玩笑。

"你看你的脸色，差得就像我盘子里的这些青菜一样，蔫黄蔫黄的。"我拿着筷子，指着她。

程小鹿伸手拂开，皱着眉头说："我感觉最近食堂的饭菜越来越难吃了。"

"有吗？"我咬了一口排骨，细细尝了尝，味道是寡淡了一些，可也不至于到难吃的地步。

我望着程小鹿，一向斗志昂扬、笑容可爱的她，此刻看起来竟像是位暮年的老太太，思维和动作都迟缓不已。

"你生病了吗？"我关切地问道。

"不知道。我总是感觉头很晕，上课也没精神。还有就是，经常口干舌燥，喝多少水都不解渴的样子。"程小鹿扶着额头，迷惑地说道。

难道感冒了吗？我有点儿怀疑。可是程小鹿既没有咳嗽也没有流鼻涕，我摸了摸她的额头，一点儿发烧的迹象都没有，真是奇怪。

经她这么一说，我发现近几天我也是时常口渴难耐。难不成是天气原因，又或是水土不服吗？

程小鹿又夹起一块排骨送到嘴边，却感觉味同嚼蜡。

她终于忍不住，"呸"一声将排骨吐在桌上，站起身对我说："徐晴，我没胃口，我们去吃Monte King吃饭吧。"

我一点儿都不讶异她会说出这句话，因为我潜意识里，竟然也鬼迷心窍地思念起Monte King里那些玉盘珍馐，只是想一想，便已唇齿溢香。

口干舌燥的感觉又一次强烈来临，好像只有Monte King的菜才是解药，那是解渴的源泉。

我毫不犹豫地重重点头："去！晚上就去！"

我应该是疯了，不然怎么会如此上瘾？

一整个下午我都坐立不安，交流课一结束，便迫不及待与程小鹿奔赴我们内心期待已久的盛宴。

这一次，一进门我们便撞上了郑寒。因为我一进门便四处搜寻他的身影，他就坐在窗边，与上次相同的位置，和上次同一位服务生说着话。

我们只是来过一次，服务生居然记得我们，这令我们俩受宠若惊。他将我们引到一处空桌，为我们端茶递水，点菜布菜，态度殷勤恭敬。

程小鹿萎靡的双眼在见到Monte King的菜品时放光，她点的菜几乎是四个人食用的量，她疯狂的举动昭示着她不把这里所有的菜品尝个遍就不会罢休。

菜被一一端上桌时，程小鹿照例过去邀请郑寒来跟我们一同品尝，可这次郑寒冷冰冰地拒绝了她，连应付都懒得应付了。

"他有那么讨厌我吗？"回来后，程小鹿一脸的沮丧，"你跟他比较熟，不如你去邀请他好了。"思及此，她的眼里又重新燃起了希望。

我不忍心看程小鹿眼底的希望化为灰烬，只好硬着头皮走近郑寒。在我离他不到两米时，他察觉到了我的靠近，停止了与服务生的谈话，只冷冷地看着我。

"那个，郑……郑寒，小鹿请你吃饭呢，大家都是同学，你就赏光嘛，不然你看她多失望。"我不敢与他对视，只好看着地板。

"是她失望还是你失望呢？"他听不出情绪的问话在我耳畔炸响。

"不去算了，反正这些美食你从小到大也吃够了。"我心中不知从哪里升起一股火气，甩下这句话后扭头便走。

我几步冲回自己的座位，对程小鹿说："他不愿意来，我们自己吃吧。"

讲完这句话，我便埋下头只顾吃东西，不再顾及眼前人。

一位服务生走了过来，附到我耳边说郑寒邀请我借一步说话。我飞快撂下一句："不去。"

但服务生并没有因此走开，他弯下腰，笔直地伸出手臂，做出"请"的手势，给足诚意。我抬头看到一脸满足的程小鹿沉浸在美食中，并没有注意到我这边的情况，便蹑手蹑脚地起身，跟着服务生走出餐厅大门，来到了街角僻静的小巷。

郑寒已经站在那里等我了。

"如果不是你邀请我，我绝对不会再独自来这种僻静小巷。"我笑着对郑寒说。我成年后所有关于巷子的记忆，都是凶险与血腥。

“以后不要再来了。”郑寒并不接我的话茬，直截了当地对我提出要求。

我没有问“为什么”，而是用“凭什么”来表达我的满腔怒火。虽然他救过我很多次，但总不能凡事不给我理由，就要求我乖乖听话吧。

“总之……”

“总之是为我好是吗？”我已经猜出他接下来的台词。总是这几句陈词滥调，毫无新意。

郑寒并没说话，他的嘴唇抿成一条直线，宝石蓝的双眸深不见底，仿佛没了焦距。

“接着。”他忽然朝我丢来一只小瓶子，我没有接住，瓶子滚落到我的脚下。

我弯腰将它捡起，这是一只半透明的小塑料瓶，里面装着几粒绿色的药丸。

“这是什么药？”我好奇地问。

“这不是药，里面装的是蔬菜浓缩合成丸。如果你和程小鹿出现任何不适，可以吃这个。”他说完这句话后，便作势要离开。

我心中的疑虑越来越深，于是一个箭步上前，拦住他问：“为什么我和小鹿会有不适？你把话说清楚，难道你们家的菜品不新鲜吗？”

就算菜品不新鲜，为什么要吃蔬菜浓缩合成丸？

“看来你已经知道我的真实身份了。”郑寒盯着我，深不见底的双眸仍旧读不出任何情绪。

我莫名地感到心虚，退了一步，支支吾吾地道：“其实也不是很难猜……”

“徐晴，我希望你的好奇心能够到此为止。我说过会护你周全，但能力有限。如果真的有一天，你知道了什么你不该知道的，我……”他的话戛然而止，深蓝如海的眼底氤氲着看不真切的雾气。

“你无法反抗你的父亲，是吗？”我替他说出了他无法说出口的话。

他沉默着。我挺直了背脊，攥着瓶子的手越发用力，最终只好轻声回了一句：“我知道了。”

Chapter 3

这天夜里，我躺在床上辗转无眠。

往事一件件向我袭来，它们附带着无法凝结的伤口，化作海水，在这样静寂的夜晚，就快将我淹没。

“如果真的有一天，你知道了什么你不该知道的……”脑海中郑寒的模样似乎带着一丝哀伤。

什么是我不该知道的？我已经离真相越来越近了不是吗？十年前，我名义上的爸爸——那名英勇的警察，曾为了揭穿这个真相付出了最宝贵的生命。而十年后的我，纵使受到诸多挑战与为难，却还是来到了R国，这难道不是上天的指引吗？

命运的齿轮已经开始转动，真相已经向我靠近。我不能停在这里！

睡在我左侧床铺的程小鹿忽然打开了台灯，昏黄的灯光照在她满是汗珠的脸上，她的脸因痛苦而扭曲。

“你怎么了？”我蓦地坐起来，关切地问道。

她没有回答我，飞快地奔去卫生间，接着便传来呕吐的声音与马桶冲水的声音。我连忙下床，走到卫生间推门一瞧，程小鹿跪在地上，抱着马桶，整个人瘫软如泥。

“难受……好难受……”程小鹿痛苦地呻吟着。

我的脑海中忽然浮现出郑寒的话：“如果你和程小鹿出现任何不适，可以吃这个。”对了！郑寒分明交代过的。

我转过身，急急跑到床边，不停翻着我外衣的口袋，终于找到了那只装着蔬菜浓缩合成丸的小瓶子。我拧开瓶盖儿，倒出两粒放在手心，随后又匆忙去倒水。

“来，小鹿，吃了它！”我一手握水杯，一手拿小丸子，对程小鹿说。

躺在我手心的绿色的蔬菜浓缩合成丸在灯光的照射下，显得很诡异。程小鹿却什么也没问就一口吞了下去，豪情万丈地喝了一整杯水。

“我什么时候才能好受一些呢？”她可怜兮兮地问我。

“估……估计快了吧。”我有些心虚，心里也不清楚这蔬菜浓缩合成丸到底是否真的管用。

值得庆幸的是她自始至终都没有问我究竟给她吃的是什么，如果她真的问出口，我不知道该如何解释，因为我不能将郑寒供出。

“这么出名的餐厅，难道也会采用不新鲜的食材吗？”她感到疑惑。

“也许吧。”我不再与程小鹿对视，怕她从我的眼睛里看出什么端倪。此刻的我一点儿睡意也没了，心乱如麻。

“你怎么没事呢？”程小鹿试图用跟我聊天的方式来分散注意力，缓解疼痛。

“因为我吃得少。”我回道。

时间一分一秒地过去，在天空破晓时，程小鹿的疼痛终于减轻了。她回到床上，精疲力尽地昏睡过去。我躺回床上，僵硬的四肢逐渐舒缓，但思绪依旧紧绷，头脑也越发清醒。

我将那瓶中剩余的绿色小丸子倒在手上，细细看了又看，闻了又闻。可惜我没有福尔摩斯那么聪明的大脑，无法参透其中的奥秘。

如果这真的只是普通的蔬菜浓缩合成丸，为什么能够缓解程小鹿突如其来的肠胃病呢？郑寒又为什么能够未卜先知？他们家的菜真的有问题吗？

我感到一阵阵强烈的口渴。就是这样熟悉的口渴感最近一直困扰着我，程小鹿也是如此。

我脑中灵光一现，忽然有了一个想法，当这个想法在我脑中模糊出现时，我着实被自己吓了一跳。

我蹑手蹑脚地起床，偷偷打开电脑，将我的疑惑输入搜索栏。

按下鼠标的那一秒，页面上出现了我最害怕也最不想面对的解答，可它验证了我的想法。

难道，这就是真相吗？我拼命咬着手指，疼却不敢喊出声。

Chapter 4

程小鹿请了病假在寝室里休息，而我顶着熊猫一样的黑眼圈坚持上课。

课上，我的注意力一点儿都不在听讲上，总是不自觉地盯着郑寒所在的方向出神。我痴蠢的样子落在了教课的老师眼中，他毫不留情地揭穿了我。

“Miss Xu（徐小姐），也许我并没有郑同学长得英俊，但是在我的课堂上，我希望你可以看着我。”他半开玩笑半认真地道。

整个班级顿时哄堂大笑，我羞愧得恨不能找个地缝钻进去。男生们吹着口哨，女生们对我指指点点，唯独郑寒镇定地坐在那里，对周遭的一切置若罔闻，一点儿也不配合同学们的起哄。

下课后，郑寒第一个走出教室，动作迅速得就像他从不属于这里一样。他的背脊笔直，耳朵里塞着耳机，严肃而专注的神情不像在听音乐，更像在听下属的工作报告。

他步履匆匆，我慌忙跟上他的脚步。他走在前方，我与他保持着不远不近的距离，直到他走到校门外，坐上自家的座驾。

我跑到马路对面，伸手拦了一辆出租车，让司机跟着前面的那辆黑色宾利。

“小姐，这不太好吧。”司机有些为难，用怀疑的目光上下打量着我。

“这是给你的小费，不算在车费内。”我忍着心痛，从包里掏出钱丢给司机。我爸爸妈妈都是省吃俭用的人，我从记事以来也一直认同着他们的金钱观。今天大概是我最豪气爽快的一次。

司机看到有利可图，立刻收起了犹豫的表情，提醒我系好安全带，便一脚踩下油门，跟了上去。

车窗外是醉人的灿烂晚霞，而车内的气氛却略显压抑。

我坐得笔直，手指紧握安全带，双目盯着宾利的车尾，维持着这个僵硬的动作一动不动。司机时不时地望向我，想缓和这紧张的气氛，于是笑着问我：“你追踪的这辆车上的人，到底和你是什么关系？”

面对这络腮胡大叔八卦的提问，我紧抿着嘴唇，一字未言。

“咳咳，其实你可以不用那么紧张，放轻松，我开车很稳的。”司机见我不说话，尴尬地轻咳了几声。

我放开了握紧安全带的手，但目光依旧紧盯着前方，生怕跟丢了郑寒的车。

司机见我不搭理他，只好耸了耸肩，不再与我搭讪。

车不知道行驶了多久。日落西山，车内的光线愈来愈暗，窗外马路上的行人与车辆越来越少，景色也由繁华变得荒芜。

“这是哪里？”我无法压抑住自己内心的慌乱，问司机道。

“北郊。”司机优哉游哉地回道。

身处异国他乡的我，并不清楚自己现在身在何处，也不知道自己即将面临什么。可我内心只有一个信念：不能退缩，因为真相就在眼前！

Chapter 5

车停在了一座荒山脚下，我付给司机车费后，发现身上的钱所剩无几。

司机将车开走后，四周便寂静得像来到了异度空间。这里一个人都没有，只剩下夜风在不知疲惫地吹。

内心的恐惧在这样不同寻常的气氛下不断放大，我的脑海内一直有一个声音在阻止我前行，可我依然用外套裹紧身子，用力地迈开步伐，一步步向着未知前进。

我看到那辆黑色宾利停在山脚下，而郑寒与车上的另两个人不知去向。

郑家似乎对荒山野岭情有独钟，总是隐居在这样的无人地带。无论是在中国还是在R国，居住的环境并没有什么不一样。

我循着山脚下通往山上的小径走。这条小径仿佛延伸至天边，走到尽头就能抓住星星般。我身后传来不知是夜风刮过枯木还是小动物穿梭在树林间的窸窸窣窣的声响。

走了很久，我终于看到了一座由石头砌成的古堡，它的外观在月光的映衬下显得很神秘。

古堡前长满了与人一般高的杂草，不知是很久没人打理，还是有人蓄意任它生长，成为古堡最好的屏障。

古堡那扇生锈的、爬满绿色藤蔓的铁门是海角古堡的放大版，从规模上来看也更像郑寒的父亲Kellen的秘密根据地。

铁门紧闭，将古堡内外隔绝成了两个世界，要想从这扇门直接进去会打草惊蛇。于是我绕着古堡走了大半圈，想找寻突破口，但古堡被又高又厚的围墙遮挡起来，翻墙基本无法实现。就在我筋疲力尽、快要绝望时，突然惊喜地发现了围墙下方有一个被杂草遮掩的小洞。

这洞不足一米，看样子被打通了很久。难道这就是传说中的“狗洞”？

我犹豫了几秒钟，随后拨开杂草，伏身钻进了狗洞。

从狗洞出来之后，我的眼前是一片静谧的空地。我顿时没了方向感，无助地望着四周，不知道该往哪里走。

算了，随便选一个方向好了。我抬脚往右侧直走。

我漫无目的地走了很长一段路，随后看到前方不远处有光亮，还隐约传来了说话的声音。

我弓着身子，双手缩在胸前，小心得像只猫一样走路，生怕发出一点儿动静。当光亮离我越来越近时，我停住了脚步。

借着昏暗的光亮，我瞧清楚了我的面前是一栋独立的两层建筑，而光亮和人声都是从一楼窗户那里发出的。

我将身体弯得更低，逐步靠近，想听听他们在谈些什么内容，心里着急，一不小心踢翻了一块石子儿。

石子儿翻动的响声在寂静的夜里听起来格外刺耳。

我吓得呼吸一滞，脑中瞬间空白。窗户被人一把推开，探出一个脑袋，警觉且凶狠地问道："谁？"

我吓得拼命往与房子相反的方向跑。夜风灌进我的脖子，刺进我的眼里，我看不清眼前，也听不准声音，只知道不跑就是坐以待毙。

我不知道跑到了哪里，一大片的铁网将前路断绝。

我咬着牙，想冲破铁网，但整个人被铁网弹了回来。

我的左手被铁丝划破，正往外冒着鲜红的血。望着面前那道无法冲破的铁网，我的心沉了一下："只能这样了！"

铁网网格虽小，但每一处网格刚好够我塞进一只脚，我以最快的速度攀爬上铁网，不顾被铁丝勒出血的手在尖锐地疼，拼命地往上爬。我不能停下。

我爬到铁网最高处，绷紧全身，闭着眼睛，不顾一切地向地面直直跳了下去。

横也是死，竖也是死，不如自己掌握死法。我怀抱着这样视死如归的念头。

银白的月光照着我满手的鲜血，身上的每一节骨头都很疼。我倒在地上大口喘着气，狼狈不堪。

不远处有脚步声传来，伴随着话语声。我来不及思考，不顾疼痛地从地上爬了起来，慌张地逃命。

前路越来越陡峭，我越跑越吃力。不知跑了多久，直到我无意间闯进了一片山谷，被眼前几乎令我的心跳停滞的景象震惊得停下了脚步。

皎洁的月光映照着漫山遍野的花，这些雪白的、金黄的、鲜红的花儿在夜风中摇曳着，异常妖冶。

"罂粟……"我呢喃道。

我在海角的古堡中见过它们，古堡的后花园里就栽着一株。

如今，我居然见到了漫山的罂粟花，艳丽至极，却也危险至极。

我先前的猜测是对的，我和程小鹿吃了Monte King的菜后会出现口渴头晕的状况，全是因为罂粟中毒。郑寒给我的蔬菜浓缩合成丸，治不了病，但可以缓解罂粟中毒的症状。Monte King的菜闻名天下，最根本的原因便是它所有的菜里都添加了罂粟壳，只要吃一次便会上瘾，多吃几次就会沦陷。

我咽了咽吐沫，心跳越来越剧烈。

背后忽然传来窸窸窣窣的声音，有人在快速靠近。我还未来得及逃跑，一双有力的手便从背后捂住了我的嘴，胁迫着我向前走。

我吓得沁出一身冷汗，却不敢轻举妄动。

身后的人胁迫着我往后退，一直退到我的后脚跟踩空，突然意识到身后就是悬崖。我的脑袋“轰”地一下，心底激生出无边的恐惧。

“呜……呜……”我拼命挣扎，但越挣扎，那双箍着我身体的手就越用力。

身后的人猛地一用力，紧拥着我，一起从悬崖上滚落下去。

我的身体和脑袋一路受到快速的撞击，感觉整个世界地崩山摇。

当一切停止时，我睁开眼睛，发现自己身处罂粟花的花海之中。

浑身剧烈的疼痛袭卷而来，我龇着牙刚想起身，却被人一把按下，并再次被捂住了嘴。我被那人压在身下，无法动弹。

周围响起一阵脚步声，几个男人在低声地咒骂，语气里的狠戾昭然若揭。

我害怕得浑身颤抖，身后的人将我的身体压得更低。我直到此刻才恍然意识到，这个与我一起滚落悬崖的人，不是想要害我，而是在救我。

我姿势僵硬地趴在地上，一动也不敢动，害怕暴露踪迹。

那几个男人巡视了一圈，没有任何发现，于是气急败坏地走远。

直到这一刻，我才松了一口气，那人也分明放松了警惕，不再拼命压着我，我肩上没了重量，骤然轻松了不少。

我借着月光向后看去，终于看清了我救命恩人的脸，居然是她！

Chapter 6

居然是Marry——郑氏兄弟的继母、Kellen的第二任妻子。

我与她曾经在海角古堡里碰过面，她有着一张清秀干净的面庞，一双波澜不惊的眼睛。我对她印象深刻。

我万万没料到她居然会出现在这里，还救了我一命。

“你怎么会在这里？”我小声问。

“我是卧底警察，来调查案子，谁知道你一头撞进来。”她斜睨了我一眼。

我心底惊诧不已，整件事情的脉络在脑海里越来越清晰，我发现自己陷进了一场局中局。

她趴在地上没有行动，我不禁问她：“我们要一直待在这里吗？”

Marry一脸不可思议地看着我，仿佛在说“你开什么玩笑”，她翻了个身，仰面躺在地上，不知从哪儿拿出一部手机，屏幕幽幽的光芒映照在她脸上，她严肃地问我：“躲猫猫的游戏会玩吗？”

“什么？”我有些错愕。

她用极认真的语气跟我说：“你听着，跨国警察已经追踪到了我们所在的位置，应该马上就会到。在我们被解救之前，不能在这里坐以待毙下去。”

Marry抬眸打量了一眼我狼狈的模样，虽然她此刻灰头土脸的样子也好不到哪里去。最后她的目光停留在我的手上，那双粘着凝固暗红的血、混合着泥土的手。

“再继续待下去，就算他们找不到你，Kellen的狗也会通过气味找到你。”她的眉头蹙起。

“我们要躲到别处去，要拖延时间，如果被找到，这场游戏我们就输了，输的代价就是……”她做了一个抹脖子的动作。

Marry那双在我印象里一直处变不惊的眼睛，此刻却涨红得像某种警觉的兽类。她训练有素，我却笨拙不已。现在我唯一能做的事情就是相信她，跟随她。

“我们去哪里？”我问。

“上去。”她只用了简短的两个字回我。

“这不可能！”我望着那高高的悬崖，我们刚刚就是从那里跳下来的。

“这是唯一可行的路。”她看也不看我，徒手攀起了悬崖。

我没有选择，只得硬着头皮，学着她的样子，用手抠住岩石的棱角，脚蹬着岩壁的缝隙，小心翼翼却又十分急切地向上攀爬。

我不敢往后看也不敢停下，手上的伤口还未愈合，很快又被岩石划伤。我咬牙忍着钻心的疼痛，像是一只壁虎，牢牢地抓住所能看到的凸起部分。

当我终于爬到崖边时，已然心力交瘁，连扯动嘴角的力气都没了。

“难道还要爬铁网吗？我真的不行了……”我听见自己的声音气若游丝。

“前面有一个地下通道，我们从那里走。”Marry望了一眼四周，退后几步扶起了我，我能感觉到她抓住我臂膀时的用力，仿佛对我无声地道了一句“加油”。

我跌跌撞撞地跟着她，穿过一片不知名的树林，不知疲惫地走着。我不再说话，一是害怕惹来坏人的注意，二是害怕自己消耗了说话的这一点点体力，即刻就会昏厥。直到前方无路可走。

Marry上前拨开野草，我看到了一扇破败不堪的木门隐藏在这片杂草后。

“进去！”她命令我。

我带着对未知的恐惧推开门，侧身入内。Marry紧跟着我进来，虚掩上了门，那破败的门无法锁上。

“这是哪里？”我刚问出口，便听到了回音，我慌忙捂住嘴。

“这里是一间废弃的酒窖，我们暂且躲在这里。”Marry回答我道。

这里潮湿、空间狭小，很久没有人来过的样子，屋内充满了腐朽的味道。

“我们要待多久？”我捏着嗓子轻声问道。

“不知道。”Marry答得干脆。

“那你的手机呢？最起码你的同事来了以后可以联系你。”我又说道。

“徐晴，我们不是来旅游的。要是用手机光明正大地联系，我们一准儿死在这里。那玩意儿我刚刚丢在罂粟花丛中了。”她正色道。

我愣住。

她低叹了一口气：“如果他们在罂粟花丛中看到手机，会以为我们还在那儿。我身上有警察专用的追踪器，警察的大部队会以此来寻找我的行踪，我们不靠手机联系。”

我的脑子闪电似的一激灵，明白过来这是Marry设下的烟幕弹。这么聪明的女子，难怪可以留在Kellen身边那么久而没露出破绽。我想起壮烈牺牲的警察父亲，他光有勇气却缺少Marry这样的智慧。

我们往屋内深处走去，空气竟然由浑浊变得清新起来。月光通过墙壁的缝隙照进屋内，洒下斑驳的光辉，我勉强看清楚了眼前的景象。空荡荡的房间，什么都没有，只有几个东倒西歪的破碎酒罐。

“他们应该不会找过来了。”Marry倚靠着墙角坐下来，满脸疲惫。

我坐在她身旁，有许多问题想问，一时间却不知道从何开口，我将我所知道的一切如实相告。

“他们是全球餐饮连锁集团，表面上他们的菜品让所有食客流连忘返，但其实是因为他们在每道菜里都添加了罂粟壳。”

“我知道。”

“他们将罂粟运往全球各地，这里就是他们的大本营。”

“我也知道。”

“他们豢养杀手，想将可能知道内情的人一网打尽。”

“这些我都知道。徐晴，你忘了吗？我在Kellen身边以妻子的名义生活了那么久。”Marry注视着我，一字一顿地说。

Marry忽然问我：“徐晴，你多久没回家了？”

我怔了一下，回道：“应该有大半年了。”

“我三年没有回过家了。”她轻轻说着，目光柔软地望着空无一物的前方，似乎那里就是她的家一样。

我鼻子一酸，眼眶泛起泪来。

就在这时，前方传来异响，似乎是一道“吱呀”的开门声。Marry也听到了这声响，立刻警觉地直起身体。

当我们俩紧张兮兮地以最高的防备来迎接未知的危险时，前方的异响突然消失了。一切又回归到了寂静。

是虚惊一场吗？我和Marry面面相觑。

我逐渐放松了警惕，而Marry的脸色却越来越难看。

“怎么了？”我觉察出不妙。

“追踪器信号受到了干扰，失灵了。”她眼底是掩藏不住的灰败。

“这是什么意思？”我猛地吸了一口气，急急问道。

“我们的行踪应该是被发现了，信号是被刻意切断的。”她拉着我从地上站起来，飞快地说，“这里我们不能待了，但也不能从原路返回，现下只有一条路。”

“什么路？”

“水路，我们从那里的台阶下去，一直到底，有一条水道，钻下去通往古堡外的小河，你来时应该见过。”Marry指着我右侧的墙壁说道。

我细细看过去，那里竟真的有一扇生锈的铁门，如果不注意，会以为它是墙壁的一部分。

Marry拉着我走到那扇门前，一脚踹开门。她用力将我推进了那扇门内。

眼前又陷入黑暗，我沿着陡峭的阶梯向下走，Marry就在我身后。

我隐隐听到水流声，快接近目的地时，不由得回头望了一望。那扇被暴力打开的铁门此刻正无力地晃来晃去，发出迟钝的“吱呀”声，我害怕地停下了脚步。

“怎么了？”Marry察觉出不对。

“我……我不会游泳。”

Marry摸黑寻到了我的肩膀，用力抓着，想传输给我力量：“听着，徐晴！你能孤身来到这里，说明你有勇气，可现在光有勇气还不够，你要有豁出去的力量！遇死则生，明白吗？”

“可是，可是……”十年前，我曾经被丢进海里，耳中、鼻腔、口腔内浸满了海水，汹涌而来的海水令我窒息。我无法呼喊，置身濒死之地。从那以后，我畏水畏得不得了，再也无法游泳。

“憋气会吗？”Marry语气变得柔软，她问我。

我点点头。

“那好，你只要憋着气跳下去就可以了。我会抓着你的手或者脚，将你带出去，这个过程不会超过两分钟。”Marry说着，便不再给我思考的余地，开始倒计时，我迅速吸进一大口气，开始憋气。

“1、2、3……”她将我一把推下台阶，我“扑通”一声落进水里。

熟悉的冰凉和死寂淹没了我。

Chapter 7

Marry紧接着抓住了我的脚，拉着我向前方游。我一遍遍告诉自己只要再坚持几秒就好，水下的时间格外漫长，度秒如年。我感觉自己的大脑严重缺氧，意识开始一点儿一点儿涣散。

就在我感觉自己快要窒息的时候，一股强大的力量将我往岸上一拖，我再次呼吸到了空气。

我趴在岸上，剧烈地咳嗽着。身旁的Marry躺在地上，瘫软如泥。她为了将我从水中拖上岸，用尽了自己最后的一丝力气。

“我……我们安全了吗？”我气若游丝地问她。

她没有说话，只是不断喘着气。

就在这时，一束强光冷不丁地打在我的脸上，我的眼睛被刺得生疼。我下意识地用手遮住眼睛，从指缝中看到一个陌生的男子举着强光手电筒，正表情狰狞地望着我。

“原来，你们在这里。”举着手电筒的男人狞笑道。

我向周围望去，发现我和Marry已经被包围。

我顿时心如死灰。浑身是伤的我，此刻别说逃跑，连说话的力气都没了。

“Marry！你这个叛徒！”威严阴冷的男声从这些人背后传来，包围着我们的男人听到这道声音，纷纷退后，让出了一条道路。

Kellen穿着一袭黑色风衣，冷冷地向我们走来。我从不知道西方神话故事中的死神是什么样子，我想大概就是Kellen此时的模样——黑色的衣服，幽蓝的眼睛，手里捏着的雪茄，闪着黄色的忽明忽灭的光。如同从地狱里走出来那般。

“看来，我们在劫难逃了。”Marry望着我说。此时此刻，她居然还能笑出声。

“我最痛恨别人的背叛。今日，就由我亲手结束你的生命。”Kellen藏在袖中的枪露了出来，黑黝黝的洞口对向Marry，他的话语和动作冰冷得没有一丝温度。

“不！你不可以这样！Marry是你的妻子！”我不知道哪里来的勇气，坐起来冲着Kellen发疯似的喊叫。

Kellen那双幽蓝的眼睛望向我，一字未言，他手中的枪朝向了我，拉动了手枪的保险。我认命地闭上眼睛，脑海中闪现了许多的过往画面。

我浑身止不住颤抖，眼泪顺着眼角流下来。在这生命的最后关头，我还是无法做到像一位英雄一样，挺直腰板，笑着道别。我只是一个平凡的女孩，却被命运推向了无尽的深渊。

这一切都结束了。是时候做个了断了。

接着是奔跑的声音，一个人扑倒在我的身上。那个人抓住了我的手，用力地握了一下，几乎要捏碎我的指骨，他发出一声吃痛的低吟。

我抬眼一看，倒在我怀中的居然是郑寒。他替我挡下了子弹！

子弹击中了他的左腿，血染红了他的裤子。他额头上渗满了冷汗，一只手捂着腿，一只手抓着我的手，默不作声。

我不敢置信地看着眼前的一切，虎毒尚且不食子，Kellen是魔鬼，连自己的亲生儿子都下狠手。他是一个铁石心肠的魔鬼。

“寒！让开！”Kellen冷冷地命令着自己的儿子。

“他受伤了！你击中了他！”我朝他怒吼着。

“你知道得太多了，十年前你就该跟你那个倒霉的父亲一起上路，谁料到你能苟活到现在呢？”Kellen看着我，唇角泛起残忍的笑。

“Kellen！十年前你杀的根本就不是她的父亲，她是被无辜牵扯进来的。你放了她！”Marry试图解救我。

“宁可错杀，不可放过。况且，她如今已经知道了一切，就不可以再留在世上了。”Kellen幽蓝的眼眸里盛着冰彻入骨的湖水。

“父……亲……别杀她，让……让她走。我求您了。”倒在我怀中的郑寒缓缓抬头，用卑微的语气恳求Kellen。

我从未想过有一天，那样骄傲、无所不能又冷峻的少年，会倒在我的怀中，为了保我一命，这般低声下气。

“对不起，对不起……”我对郑寒说道。再说一万遍“对不起”，也挽不回当下的局面了吧。

“Marry，这场躲猫猫的游戏，我们没玩好，终究是输了呢。”我苦笑一声，绝望地闭上了眼睛。Marry笑着在我耳旁说：“这可不一定，游戏还没到最后呢。”

她的话语里，有一种绝地反击的自信。

震耳的枪声响起，可预料之中的疼痛并没有传来。我睁开眼，看到Kellen瞪着双目，满脸写着不甘心与不可思议，直直地向地面倒了下去。

数架直升机出现在天上，一队队全副武装的士兵，正秩序井然从暗处向着我们的方向跑来。

Kellen手下的那些人见头目已死，纷纷乱了阵脚，其中一个男人乱开了一枪，立刻被击毙。

如果说Kellen的死亡，大家都未反应过来的话，那这个男人的死亡则是国际警察对歹徒们发出的一声严厉而清晰的警告。如果再有人胆敢反抗，下场便和这个男人一样。

所有歹徒见状纷纷投降。人群中走出一个威严的身着警服的中国男人，他走向Marry，轻声夸赞了一句："你做得很好。"

Marry跌跌撞撞地奔过去，扑进那个男人的怀中，泪流满面，喊道："爸爸。"

"爸爸，您是来接我回家的吗？"她泪眼婆娑地问。

"是，我来接你回家。"男人柔声说。

我不可思议地望着眼前的一切。这世上居然有爸爸将亲生女儿送入虎口当卧底。而刚刚，我也目睹了，这世上亦有爸爸视亲生儿子如草芥，只为了自己的利益便可以进行一切杀戮。

我突然好想我的爸爸，那个庸庸碌碌却视我如生命的男人。

我想回家，好想好想。

郑寒爬到Kellen身边，他静静地望着Kellen半晌，伸手替Kellen合上了眼睛。

"父亲，我们从一开始就错了，您安息吧。"他的声音那么悲伤。

他又爬向了我，深邃如海的眸子里全是怒气，似乎要引发一场海啸一般。

"你知道今天的情况多危险吗？这次你是真的差点儿没命！"他一贯的冷漠在这一刻全盘崩裂。我认识他那么久，这是第一次也是唯一一次，他冲我发火。

"你是怕我知道这一切吧？否则你早就告诉我了不是吗？"我有些委屈。

郑寒深深地凝视着我，字斟句酌道："我生来就是这样。从小生活在地狱，即便内心不想这样，但已然无法改变。我不惧怕任何人知道，我只是担心你的安危。我说过要护你周全。如果你有一点点闪失，那么我……"

他的话戛然而止，未完的话散落在了风中，不知去向。

我看到他眼角滑过一丝晶莹，突然心痛欲碎。

第十二章

尾声

Chapter 1

在警局，我见到了郑星。他和Kellen的那些手下一起，都已认罪。而郑寒，因为检举揭发有功，被赦免罪行。

直到此刻我才知道，Marry身上的追踪器信号被切断后，是郑寒报的警，是他亲手将这个隐秘邪恶的集团摧毁。

郑星与郑寒相望时，他唇角扬起一道淡淡的纹路，似笑非笑："原本以为是两败俱伤，谁知只有我输得一败涂地。"

郑寒坐在轮椅上，态度淡漠："我从不想和你争。"

郑星凝视着自己的亲哥哥，忽然张扬地大笑起来，仿佛听见了世间最有趣也最残忍的笑话。

郑寒与郑星是双胞胎，郑寒早出生几分钟，便成了哥哥，但他们两个人关系并不亲密。他们从小就被当成继承人培养，可整个家族的继承人只能有一个，所以他们两人之间是竞争关系。

郑寒与郑星的能力分庭抗礼，他从没违抗过父亲的意愿，也一直将他吩咐的事情做得很好。直到十年前……

那并不是什么美好的回忆，无论对谁而言，都是一场噩梦。对我来说，那更是一场浩劫。

我的警察爸爸是一名卧底，于他的工作岗位来说，他是尽职的。可惜他暴露了自己的身份，所以惨遭枪杀，并且连累了我。

我被丢下海，郑寒在一边看着，动了恻隐之心，他觉得我不应该受到迫害，于是跳海救了我。当时除了郑寒以外，郑星也在那艘船上，他亲眼见郑寒跳海救我。如果郑寒毫发无伤地回来，那就有了把柄在他手上。但如果郑寒残废了，对他而言，郑寒就失去了竞争力。于是郑寒假装自己被鲨鱼咬伤了腿，一装数年，这样做既可以保全他自己，也可以保全我。

我与郑寒有着怎样的关系，王想想便与郑星有着怎样的关系。这才是隐藏得最深的秘密，以至于我听到的时候，那么难以置信。

王想想的父母皆是海上的渔民。暴风雨的天气，渔船触礁漏水，郑星救了她一命，从此她唯郑星的命令是从。王想想是郑星安插在我身边的耳目，接近我不是真的想跟我做朋友，而是想获取有用的信息。

看似平静的大海，总囊括了许多惊人的真相。海面越是风平浪静，就越是让人胆战心惊。好在一切都结束了。

郑星经过我面前时，用一种不甘、怨恨的眼神看着我，我平静地与他对视。

现在看来，他确实做了许多曾让我感到不解、如今却恍然大悟的事情。比如，当Kellen来到中国时，郑寒禁止我去古堡，而郑星却给我指引方向。或许，他是想让我突兀地出现在Kellen的眼前，让Kellen生疑吧。

还有，他和王想想的关系很特别，似乎是当着我的面很疏远，私下却挺亲近。如果不是我撞到过一次，我还不知道这事呢。难怪王想想总是对郑寒有着一股说不出的恶意，应当就是郑星指使的吧。

在这件事里，我是受害者，他是背后的一只黑手，可自始至终，我似乎没有多讨厌他。我想起了我们的第一次碰面，我误以为他是古堡内吹口琴的郑寒，他温润有礼，善解人意，像一抹秋初的阳光照在我的身上，曾让我感觉到温暖。

他的声音仍旧萦绕我的耳边——

“我们是青梅竹马，我是青梅，她是竹马。”

“生日要跟重要的人一起过才有意义，今年恰好遇到了。”

往事一幕一幕重现，如今我和他之间已经隔着沧海桑田。

我朝他微微地笑了笑，仿佛眼前的他还是那个慵懒温和的少年，他的手指能弹出玄妙的钢琴曲，没有沾染上任何一滴鲜血。

郑星愣了一愣，眼神中有一刹那的恍惚。似乎在那一瞬间，所有的不甘和怨恨都消失了。

他的眼里镀上了一层温柔的色彩，冲我低了低头，轻声说了一句：“抱歉。”

事情结束后，我回到中国。爸爸、妈妈，还有佟恺，在机场外等着我。

他们已经知道了事情的所有前因后果。他们走过来，狠狠地抱住我，抱得我快要窒息，我感觉到妈妈搂着我的肩膀在剧烈颤抖，我还听到爸爸隐忍的哭声，我的眼圈也不禁泛红。

“我回来了，再也不离开你们了，我发誓。”我伏在他们耳旁轻声说道。

“回来就好，回来就好。”爸爸反复说着。

我松开了爸妈，走到佟恺面前。他望着天花板，假装不屑。我走过去，拥住了别扭的他，就好像拥抱曾经的我一样。我感受到他的身体微微怔了一下，随后终于张开双臂，环住了我。这一刻，我们终于像一家人一样。

Marry和她的父亲与我同一个航班，他们此刻也走出机场，见到我们停下了脚步。Marry走到佟恺面前，轻轻拍了拍他的肩膀：“你知道吗？你的亲生父亲，是个非常非常勇敢的人，你要一辈子记得他。”

佟恺被这句话击溃了心底的最后防线，蹲在地上，泣不成声。

Chapter 2

我回到了海角大学，海角的风光依旧明媚动人。付教授复职了，他依然喜欢戴着一副厚厚的老花镜，端着课本，啰唆地重复一句话好久。

我仍然坐在第一排，大多数时候认真听课，偶尔也会打瞌睡。

有人说，在异国见到了莫扎特，他在繁华的街头认真投入地弹奏，渐渐地有了不少知音，不知他的内心可有安慰？

一天下午，我在课堂上醒过来，看到阳光折射在教室的门窗上，有一刹那的恍惚。

刚才，我做了一个很美的梦，我梦见了郑寒。我想着梦里梦见的人，醒来之后就一定要去见他。于是一下课我就奔向海边的孤山而去。

为了给他一个惊喜，我没有走正门，而是绕到了古堡的后花园，从篱笆墙翻入。进去之后，我被眼前的景象惊得说不出话。

古堡里种上了我最喜欢的向日葵。向日葵——向阳而开，倔强、坚强、勇敢。

我凭借着记忆，缓缓沿着长廊，抵达了庭院。

郑寒坐在水池边，正吹奏着口琴，那首曲子我再熟悉不过。他棱角分明，神色淡然，只是周身少了一份惯有的冰冷，阳光一寸寸照在他身上，让他整个人看起来无比安详与温暖。

我最爱他蓝色的眸子，清透深远，多看一眼，便会溺在其间，无法自拔。

他吹奏完一曲，便抬头看到了我。

“嗨，很高兴遇见你。”我朝他挥手。

他报以微笑。

一切美好如斯。我想重新认识你一遍，从你叫什么名字开始。

——全文完——

意林品牌书系推荐

意林女生文学·《小小姐》品牌书系 中国女生文学第一品牌，纯正、阳光、向上，优质女孩必选文学读物

萌灵小说系列

《悠莉宠物店 I》 18.80
《悠莉宠物店 II》 18.80
《悠莉宠物店 III》 19.90
《悠莉宠物店 IV》 19.90
《悠莉宠物店 V》 19.90
《封印之书·九尾狐》 19.80
《封印之书·独角兽》 19.80
《玛丽晴异闻录》 19.90
《薇妮天使旅行》 19.90
《苍岛有风①·人鱼过境》 19.90

冒险励志系列

《迷藏·海之迷雾》 18.80
《迷藏 II·月影迷踪》 19.90
《花与梦旅人 I》 19.80
《花与梦旅人 II》 19.90
《花与守梦人①·大公的苏醒》 19.90
《花与守梦人②·占星师的眼泪》 19.90
《萌侦探纪事 I》 18.80
《萌侦探纪事 II》 19.80
《萌侦探纪事Ⅲ》 19.90
《萌侦探纪事Ⅳ（大结局）》 19.90
《迷宫街物语》 19.80
《艾蜜儿宇航日记》 19.90

幸福蔷薇系列

《蔷薇少女馆 I》 18.80
《蔷薇少女馆 II》 18.80
《蔷薇少女馆 III》 19.80
《蔷薇少女馆 IV》 19.90
《蔷薇少女馆 V》 19.90

浪漫古风系列

《七寻记 I》 18.80
《七寻记 II》 19.90
《七寻记Ⅲ》 19.90

果绿年华系列

《蝴蝶飞过旧时光》 19.80
《第一女执政官》 19.90
《风之少女琪琪格》 19.90
《霓裳小千金》 19.90
《两生花开时》 22.00

月舞流光系列

《前方江湖请绕行》 19.90
《三色堇骑士之歌》 19.90
《守望彼岸星海》 19.90

萌淑女驾到系列

《萌淑女驾到之美女训练营》 19.80
《萌淑女驾到之天使候补生》 19.80
《萌淑女驾到之人鱼的信奉》 19.90
《萌淑女驾到之天鹅公主成人礼》 19.90

星愿大陆系列

《星愿大陆①：天命巫女》 19.90
《星愿大陆②：白银蔷薇》 19.90
《星愿大陆③：幻月手杖》 19.90
《星愿大陆④：永恒星钻》 19.90
《星愿大陆⑤：夜之王子》 19.90

浪漫星语系列

《处女座：完美年华初相见》 20.90
《天蝎座：假面黑桃 Q》 20.90
《双子座：闯进你的孤单星球》 20.90
《巨蟹座：追梦的水晶鞋》 20.90
《天秤座：优雅走过下雨天》 20.90
《白羊座：裙摆是花开的地方》 20.90
《摩羯座：寄给青春一座城》 20.90

淑女风尚馆·气质养成系列

《我要我的淑女范儿》 18.80
《优雅女孩的秘密》 18.80
《清新森女在路上》 18.80
《俏女孩的甜美主义》 18.80

小 MM 迷你爱藏本

《蝴蝶停在十六岁》 18.80
《焦糖玛奇朵天使咒》 18.80
《那一年，花开半夏》 18.80
《雨季微凉时》 18.80
《只穿一天公主裙》 18.80
《月色银蔷薇》 18.80
《傲娇公主的美丽回旋》 18.80
《花田明月照年少》 18.80

重磅作家系列

《薄荷香女孩》 19.80
《不说再见好吗（上）》 17.90
《不说再见好吗（下）》 17.90
《风走过树林》 17.90
《忆棠的夏天》 17.90

唯美新漫画系列

《钢琴小淑女（第一季）》 17.90
《钢琴小淑女（第二季）》 17.90
《钢琴小淑女（第三季）》 17.90
《钢琴小淑女（第四季）》 17.90
《最佳女主角（第一季）》 18.80
《七寻记·鎏金龙纹镯（漫画版）》 15.00
《七寻记·夔龙黄玉佩（漫画版）》 15.00
《天鹅座·鹅黄》 18.80

《天鹅座·柳青》 18.80
《天鹅座·冰蓝》 18.80
《天鹅座·禧红》 18.80

绘色缤纷系列

《淑女绘·花的学校》 22.00
《淑女绘·童话诗人》 22.00
《淑女绘·雪花的快乐》 22.00

日光倾城系列

《巧克力色微凉青春Ⅰ》 20.90
《巧克力色微凉青春Ⅱ》 20.90
《浅蓝色时光舞步Ⅰ》 20.90

纯美小说系列

《少女果味杂志书①：甜心草莓号》 14.80
《少女果味杂志书②：蜜桃慕斯号》 14.80
《少女果味杂志书③：焦糖布丁号》 16.80
《少女果味杂志书④：香草海绵号》 16.80
《少女果味杂志书⑤：可可森林号》 18.80
《少女果味杂志书⑥：果果米苏号》 18.80
《少女果味杂志书⑦：香橙泡芙号》 18.80
《少女果味杂志书⑧：樱桃芝士号》 18.80
《少女果味杂志书⑨：蓝莓布朗号》 18.80
《少女果味杂志书⑩：薄荷方糖号》 18.80
《少女果味杂志书⑪：樱花紫苏号》 18.80
《少女果味杂志书⑫：柠檬红茶号》 18.80

蝴蝶蓝系列

《蝴蝶蓝（第一季）·千面桃花姬》 19.90
《蝴蝶蓝（第二季）·紫莲山庄》 19.90

班花朵朵系列

《班花朵朵①·我是艺术生》 20.90
《班花朵朵②·电影初体验》 20.90
《班花朵朵③·偶像保卫战》 20.90

小MM四周年主题书

《现在是女生时代!》 28.80
《现在是女生时代!②·我们闺蜜吧》 28.80
《现在是女生时代!③·女生都是小怪物》 28.80

欢乐联萌系列

《养只萌呆镇镇宅①》 19.90
《养只萌呆镇镇宅②》 19.90
《养只萌呆镇镇宅③》 19.90
《养只萌呆镇镇宅④》 19.90
《养只萌呆镇镇宅⑤》 19.90
《萌师上线，顽徒请签收①》 19.90

天使在身边系列

《路过心上的哈士奇》 20.90
《当心！浣熊出没》 20.90
《萌动之森①·雪地精灵伶鼬》 20.90

公主天下系列

《清河公主·洙宛传》 22.80

《意林·轻小说》·轻文库品牌书系　引领校园小说阅读新潮流

绘梦古风系列

《公主驾到》 23.80
《花颜错》 23.80
《山寨世家》 23.80
《倾世迷迭书》 23.80
《凤九卿（一）》 23.80
《凤九卿（二）》 23.80
《凤九卿（三）》 23.80
《凤九卿（四）》 23.80
《美人千千泪西楼》 23.80
《郡主驾到·壹》 24.00
《木兰帝（上）》 23.80
《俏娇小仙闹皇宫》 23.80

恋之水晶系列

《致淡玫瑰色的你》 22.80
《宁负流年不负君》 22.80
《世界第一的假面殿下》 25.00
《脱线萌星易容记》 25.00
《指尖花凉忆成殇》 22.00
《欢歌犹在意微醺》 22.00
《见习保镖呆呆兽》 25.00
《可可少女梦想纪》 25.00
《后天男神Ⅰ》 25.00
《世界第一的公主殿下Ⅰ》 23.80
《挥手告别小时光》 23.80

奇幻仙境系列

《彼渡少年与妖怪契约》 23.80
《神典·末夜公主》 23.80
《御灵骑士团·诺茵与彩狸》 23.80
《逆世界之瞳》 23.80
《玫瑰帝国·荆棘鸟之冠》 25.80
《玫瑰帝国·黑羽蝶之翼》 25.00
《玫瑰帝国·白蔷薇之祭》 26.80

暗影迷踪系列

《终极推理事件簿》 22.80
《超级学园探案密码》 22.00

新炫武侠系列

《邻家武圣》 23.80

星光璀璨系列

《轻星球·仙女星云号》 19.80

灵气少女系列

《星有灵犀遇见你》 20.80
《萌熊改造计划》 20.80
《守护极速甜心》 20.80
《元气星女倾城记》 20.80

轻舞飞扬系列

《毛毛熊的浪漫樱花雨》 19.80
《发梢轻绾茉莉香》 19.80
《迷迭香在青春里绽放》 19.80

《意林·小文学》品牌书系 阳光阅读·快乐写作

成长物语系列

《艾丽鲨半成年》	19.90
《换双翅膀飞翔》	19.90
《琥珀青春》	19.80

魅力悦读系列

《程家兄妹·永不毕业的少年》	19.90

幻之星球系列

《地球假日①：寻找洛神》	19.90

爆笑学园系列

《鬼马女神捕①：绝密卧底（上）》	14.80
《鬼马女神捕①：绝密卧底（下）》	14.80
《鬼马女神捕②：绝命预言（上）》	14.80
《鬼马女神捕②：绝命预言（下）》	14.80
《天神学院·魔女见习生》	19.90

动物奇缘系列

《萌兽报到，请多关照》	19.90

意林青少年国际大奖小说系列（少年励志正能量丛书） 总统的选书标准，世界级童书大奖获奖作品

国际大奖小说系列

《鲸武士》	22.90
《囧男孩日记》	19.90
《阿萨的心事》	14.90
《冬天的小木屋》	12.90
《河豚少年》	12.90
《林克的流浪之旅》	13.90
《墓地低语》	16.90
《铅十字架的秘密》	19.90
《少女骑士变身记》	22.90
《雪橇犬之歌》	14.90
《沼泽女孩》	25.90

一生必读的经典名著系列

《80天环游地球》	19.90
《海蒂》	16.90
《吉卜林动物故事集》	16.90
《木偶奇遇记》	15.90
《青鸟》	15.90
《森林王子》	12.90
《所罗门王的宝藏》	16.90
《汤姆·索亚历险记》	15.90
《小飞侠彼得潘》	16.90

意林全世界最美的课文系列 中高考"提分阅读"丛书

《世界名校大"淘课"（第1卷）》	25.90
《世界名校大"淘课"（第2卷）》	25.90
《世界名校大"淘课"（第3卷）》	25.90
《世界语文·英国语文（第1卷）》	25.90
《世界语文·英国语文（第2卷）》	25.90
《世界语文·德国语文（第1卷）》	25.90
《世界语文·德国语文（第2卷）》	25.90
《世界语文·美国语文（第1卷）》	25.90
《世界语文·美国语文（第2卷）》	25.90
《世界语文·美国语文（第3卷）》	25.90

意林红石榴品牌书系 时尚·情感·励志

女性情感励志系列

《灰姑娘的星动时代I艺路星碎》	25.90
《灰姑娘的星动时代II艺往情深》	25.90

意林集团重磅推出励志唯美大剧——

《青柠时代I、II》

"致青春"系列

少年时代最值得收藏的跌宕青春读本

《青柠时代Ⅰ》

一宗人为制造的车祸，让沈冬晴只能寄人篱下；
一次奋不顾身的维护，让楚君尧的眼中留下那个人的身影；
一场抗争得来的初恋，让毕夏开始了患得患失的生活…

《青柠时代Ⅱ》

黎允儿生日宴会意外摔倒，揭开了隐藏已久的秘密，尴尬难堪，多年姐妹反目成仇；
大学的保送名额，让毕夏陷入情义两难全的痛苦境地，两个人争吵不断，冷战连连；
寄人篱下惨遭羞辱，沈冬晴奋发向上，车祸真相，让她如鲠在喉……